闪耀着智慧的光芒，从故事中汲取心灵的力量！

快乐读书吧

互联网+创新版 小学生课外阅读

克雷洛夫寓言

邱培成 译

向往 绘

【俄罗斯】克雷洛夫 著

全国百佳图书出版单位
吉林出版集团股份有限公司

图书在版编目（CIP）数据

克雷洛夫寓言 / (俄罗斯) 克雷洛夫著；邱培成译
. -- 长春：吉林出版集团股份有限公司, 2021.6
（互联网+创新版）
ISBN 978-7-5581-8374-4

Ⅰ.①克… Ⅱ.①克… ②邱… Ⅲ.①寓言 – 作品集
– 俄罗斯 – 近代 Ⅳ.①I512.74

中国版本图书馆CIP数据核字(2021)第107460号

克雷洛夫寓言
KELEILUOFU YUYAN

著：【俄罗斯】克雷洛夫
译：邱培成
插　画：向　往
主　编：顾振彪
责任编辑：沈丽娟
封面设计：小韩工作室
开　本：710mm×1000mm 1/16
字　数：200千字
印　张：10
版　次：2020年4月第1版
印　次：2020年10月第3次印刷

出　版：吉林出版集团股份有限公司
发　行：吉林出版集团外语教育有限公司
地　址：长春市福祉大路5788号龙腾国际大厦B座7层
电　话：总编办：0431-81629929
　　　　数字部：0431-81629937
　　　　发行部：0431-81629927　0431-81629921(Fax)
网　址：www.360hours.com
印　刷：天津泰宇印务有限公司

ISBN 978-7-5581-8374-4　　　定价：26.80元

导读

伊凡·安得列耶维奇·克雷洛夫（1769～1844）是俄国最杰出的寓言作家。他写过诗、喜剧、讽刺性散文，当过进步刊物的编辑，很晚才开始写寓言。他是第一个获得世界声誉的俄国作家，也是与伊索、拉封丹齐名的寓言作家。他的寓言被译成了几十种语言，成为世界上被广泛阅读的作品。

克雷洛夫生活的年代经历了18世纪后三十来年和19世纪上半叶。这一时期俄国社会经历了反对农奴制的普加乔夫起义，叶卡捷琳娜二世统治走向反动和没落，亚历山大一世反动统治，1812年卫国战争、十二月党人起义等重大事件。克雷洛夫接受社会先进思想的影响，密切关注社会的发展、国家的命运。因此，在寓言中，不乏反映时事的作品。他把寓言变成现实主义的讽刺文学，与现实紧密相连，刻画了各种性格，密切关注社会的发展，国家的命运。寓言成了反映和批判当时重大事件的武器。

《克雷洛夫寓言》真实地反映了俄国人民的生活，再现了民族的精神和智慧。普希金说，克雷洛夫是"最有人民性的诗人"。克雷洛夫始终站在人民这一边，维护人民的利益。《狮子和蚊子》篇中，狮子因为骄傲自大，遭到了蚊子的严厉惩罚。弱小者也能用自己的智慧和勇敢，战胜敌人。克雷洛夫的寓言中，有着大量的这类寓言作品。《穷汉发财》，写出了人性的贪婪。穷汉受贪欲的驱使，舍不得放手，结果一命呜呼。这则寓言则提醒人们凡事要懂得满足，才能感受到快乐。

克雷洛夫对于日常生活中的种种现象，通过幽默讽刺的形式加以嘲笑，进而告诫人们应该如何完善自己。如《狐狸和乌鸦》告诫人们不要听信别人谄媚吹捧，《狗的友谊》告诉人们要谨慎对待友谊，《绕着轮子奔跑的松鼠》让人们不要做低效率勤奋者。他通过故事告诉人们，遇到困难，不能一味地抱怨别人，要反省自己，才能从根本上解决问题。

克雷洛夫的寓言透过形象表达爱憎。在克雷洛夫的寓言里，用具有鲜明特点的动物形象来表现相应的社会人群。克雷洛夫笔下的飞禽走兽不是披上禽兽外衣的抽象符号，而都是具有典型性格。寓言中狐狸象征狡猾人物，狮子代表着权力者，驴子则是愚蠢者的象征，蜜蜂代表着勤劳，还有羊的善良，猪的愚笨……因此，可以说克雷洛夫完成了俄国动物故事长久以来的艺术发展。

克雷洛夫的寓言，不仅让人认识了俄国和俄国人民，以及他们的勤劳、善良、聪明和智慧，从中获得教育和美学上的享受；而且也能从克雷洛夫的寓言中学到运用讽刺的武器，发挥讽刺的战斗力量。

克雷洛夫借助于寓言所描绘的那个时代，已经离我们远去，但它带给我们的启发，却闪耀着智慧的光芒。今天，我们再读这样的经典，仍旧可以从中汲取到心灵的力量。让克雷洛夫的寓言陪伴着你，助你茁壮成长。

CONTENTS

目 录

橡树和芦苇

一天，橡树和芦苇聊起天来。橡树对芦苇说：

"说实话，你的确有理由埋怨造物主，即使是一只麻雀，对你来说也是沉重的负担。你纤细瘦弱的身体，即便是刚能吹皱水面的清风，也让你颤抖，摇摇摆摆，瞧着你真可怜。

"你看我，像高加索的大山一样威严，不仅能挡住高高在上的太阳光，还敢于讥笑狂风暴雨，嘲讽雷鸣电闪。我傲然屹立，遒劲刚健，直面苍穹，指点天宇，好像有不可摧毁的钢铁长城护卫在我的身边。

"对于你，一阵风就是一场风暴；而对于我，那风暴却只是清风拂面。要是你靠近我生长该多好，我可以用我的浓荫为你遮挡炎炎烈日，用我的身躯为你阻拦风雨霜雪，在我的庇护下，你可以安然无恙。可惜啊，造物主把你安排在风神发威的河岸、雨师称霸的国土。毫无疑问，她没有把你放在心上，更不用说照顾了。"

听完橡树的高谈阔论，芦苇答道："你大慈大悲，可是你不用担心，我不像你说的那样凄惨可怜，弱不禁风。我根本不害怕暴风雷电，虽然有时不免俯下身子，摇摇摆摆，可我绝不会把腰身折断。风暴对我损害不会太大，对你，我觉得倒是危险更大。不错，到目前为止，虽然猛烈的风暴并没有把你健壮的身躯压弯，你也没有躲避风雨的抽打，但你毕竟不是无坚不摧啊！至于结果如何，一切都还得等着看！"

芦苇的话刚刚说完，突然，北风呼啸，雨雪冰雹席卷而来。橡树挺立不动，而芦苇随风俯身倒在地上。风狂雨暴，愈来愈猛，那棵枝干高耸，浓荫蔽日的橡树，最后被连根拔起。

阅读启示

在风暴中，芦苇凭借着柔韧和毅力，坚持了下来，而那棵自命不凡的橡树，却被吹倒。在生活中，切忌骄傲自大，自以为是，否则，最后吃亏的是自己。当然，在对抗风暴中，也要学会斗争策略，橡树的宁折不弯固然可敬，芦苇的韧性策略也不无道理。

狐狸和乌鸦

　　一只乌鸦不知从哪里弄到一小块奶酪。它急急忙忙地躲到一棵枞树上，准备安安静静地享受美味的早餐。然而，它嘴巴衔着奶酪，不知什么原因，犹豫了片刻。

　　恰巧，这时跑来了一只狐狸，一阵香味让它立刻停下脚步。它抬头看见了乌鸦嘴里的乳酪，舔了舔嘴巴，简直被香味给迷住了。这个狡猾的骗子踮起脚尖，偷偷走到枞树下，摇晃着蓬松的尾巴，目不转睛地瞅着乌鸦，柔声细语而又甜蜜地说：

　　"亲爱的，你真美！见了怎能不叫人喜欢你？你那修短适度的脖颈，你那明亮迷人的眼睛，美丽得像天上的神仙一般！乌黑光洁的羽毛，多么灵巧的嘴巴！特别是你的歌喉，能够发出天使一般婉转动听的声音，简直就是天籁之音。唱吧，宝贝儿，别害臊！说实话，你出落得这样美丽动人，再配上美妙动听的歌声，在鸟类王国中，你可就是令人拜倒的皇后了！"

　　乌鸦被狐狸的一番吹捧弄得头脑发晕，高兴得连气都透不过

来。它真的以为自己的歌声能打动世界，于是，张大了嘴巴，提高嗓门，呱地大叫一声。

奶酪掉了下来。狐狸接住了奶酪，一溜烟跑得无影无踪。

世人三番五次被告诫，阿谀拍马既卑鄙又恶劣，可是，一切都是徒劳，谄媚逢迎者总能找到生存的空间。

阅读启示

　　乌鸦禁不住狐狸的吹捧，丢掉了自己美味的早餐。生活中也是如此，在谄媚者的夸赞之下，许多人缴械投降，乖乖地做了俘虏。对此，我们应该提高警惕，同时也要有自知之明，这样才不至于被别有用心者所蛊惑。

狼 和 小 羊

弱者在强者面前总是有罪的，历史上这样的例子可以找到许许多多。当然，现在我们并不是在写历史，且听一听寓言是怎么说的。

在一个大热天里，一只小羊来到河边喝水，不幸的是，它正好碰到一只外出觅食的饿狼。狼看见猎物，真想急忙扑过去，它知道不能这么急切，吃也要吃得合理合法、冠冕堂皇。于是狼向小羊大声喝道：

"愚蠢的家伙，你胆敢用肮脏的嘴脸，把我干净的饮用水搅得浑浊不堪，单是因为这样的放肆，我就应该把你的脑袋揪下来！"

"要是狼大王准许的话，我斗胆向您报告，我是在离大王您一百多步的下游喝水，绝不会把大王您的饮水弄脏，请大王息怒！"

"这样说来，倒是我在冤枉你？你这个小混蛋！世界上还没有谁敢对我如此粗暴无礼！想起来了，两年前的那个夏天，也就是在这个地方，你对我出言不逊，我说老弟，我还没有忘记呢！"

"大王明察，绝不可能，我生下来还不满周岁呢。"不幸的小羊答道。

"那一定是你哥哥。"

"我没有兄长，大王。"

"那一定是你的家族，要么是亲戚，反正是你们一家人。还有你们的猎狗和你们的牧人，连同你们自己，都怀着深深的敌意，想方设法找机会要伤害我。为他们犯下的这些罪恶，我要跟你算账！"

"可是我哪里得罪过你呢？"

"少废话！我没有兴趣听你辩解，哪里有闲功夫来一一细数你的罪状！小畜生，你的罪过就是你的肉太香。"

说完，狼就扑上去，把小羊拖进密林。

阅读启示

欲加之罪，何患无辞。狼想把小羊吃了，为了所谓的合理合法，总会找到这样或者是那样的理由。在一个弱肉强食的世界里，落后就要挨打，还需要理由吗？因此，我们努力建设好自己的国家，让国家强大起来，才能不像羔羊一样被宰割，才有力量与不法的强者抗衡，从而建立一个人人都能得到尊重的世界。

小箱子

　　有人从工匠那里拿来了一只小箱子。精巧玲珑的小箱子，真是惹眼，招来了一片赞赏。

　　这时，人群中走出来一位懂机械的行家，他看了看箱子说："你瞧，这箱子没有锁，它里面一定装有机关。不过，我向你们保证，我能把它打开！对此，我还是有把握的，请你们不要偷偷地笑我！我肯定能找到机关，把箱子打开。对于机械这门学问，我还是有些自信的。"

　　于是，机械师动手了。他这儿摸摸，那儿碰碰，把箱子翻过来倒过去，冥思苦想；他撬撬这边的钉子，又按按那边的把手，绞尽脑汁。

　　此时周围的人，有的在冷冷地盯着他，有的摇头叹息，有的交头接耳，有的相视一笑。

　　耳边，不时传来机械师自言自语："不在这儿，不是那样，不可能在那儿！"

　　机械师越来越着急，浑身大汗淋漓，疲惫不堪。究竟怎样打开小箱子，他怎么也想不透。最后，只好无奈地把小箱子撂到架子上。其实，小箱子轻轻一掀，就开了。

　　我们常常发现，一些事情看上去无从下手。其实，只要开动脑筋，抓住关键，解决起来并不困难。

　　简单的事情复杂化，这是我们墨守成规造成的。经验有时候是财富，有时候也是束缚。善于利用经验，又不被它左右，才是智慧。不被事物外在的繁复所蒙蔽，化繁为简，难题便能迎刃而解。

猴 子

　　凡是看见过猴子的人都知道，它们非常喜欢模仿各种各样的动作。话说在盛产猴子的非洲，一群猴子坐在一棵枝繁叶茂的大树上，正偷偷地观察地面上的一个猎人。草地上铺了一张大网，猎人在这张网里滚来滚去。

　　猴子们看得很开心，便你推我搡地小声议论说："你们瞧，他玩得花样儿还真不少，看得人眼花缭乱！一会儿翻跟头，一会儿四肢舒展，一会儿缩成一团，把自己保护起来，手和脚都看不见。这些新鲜花样和技巧我们可不会，可见我们并非样样都在行。漂亮的姐妹们，要是咱们也能学到这套游戏，肯定能让我们增添光彩。看他似乎玩得够久了，恐怕就要走了，他一走，我们就立刻登场。"

猎人果然走了，把罗网也留了下来。

"快来吧！"它们嚷道，"可别错过了机会！咱们大家都去试试身手。"

活泼可爱的小猴们从树上溜下来了，蹦跳进猎人早已为他们铺设好的罗网。它们翻筋斗，打滚儿，又跳又闹，玩得真是开心啊！罗网在慢慢地收拢、裹紧，当它们想从网里挣脱时，却怎么也找不到出口。

猎人其实没有走远，就在它们身边监视。他把猴子装进口袋，一个也没有漏网。

阅读启示

学习别人，往往是从模仿开始的，不过，模仿别人，必须头脑清醒，才能有好的效果。不动脑筋的模仿，注定是要出问题的！成功不可复制，只有弄清楚别人为什么成功，而不是一味地模仿别人，再加上自己的努力，你才有成功的可能。

狗 的 友 谊

巴尔博斯和波尔康是两只看家狗，此刻躺在厨房的窗户底下晒太阳。

作为看家狗，它们本应该守护在大门旁边，才算是尽职尽责。只是它们已经吃饱喝足了，它们本来就是温文有礼，白天从不对人乱叫一声，就找了个有太阳的避风之所，彼此攀谈起来。

它们东拉西扯，谈论各种各样的问题：谈到了狗的职责，恶与善，最后兴趣盎然地谈到了友谊问题。

波尔康说："生活中，要是有了贴心的朋友，生活起来才能非常愉快。当然，这样的朋友应该是有食物一起共享，无论遇到什么事情都能够相互帮助，如果朋友受到了欺负，敢于挺身而出，保护对方。还有，彼此之间相亲相爱，能处处为朋友着想，以朋友的幸福为幸福，以朋友的快乐为欢乐，譬如说，你和我，假如结成了这样的亲密朋友，我们的日子就不会这样的无聊，你会感到时光就在我们眼前飞逝。"

"果真这样，那该是多么好啊！"巴尔博斯立刻接过话头说，"亲爱的波尔康，我早就为我们俩的不和感到痛心和忧虑了。你想，我们同在一个屋檐下，可是却没有一天不打架，这到底是何苦呢？感谢主人的恩典，给我们吃得又饱，住得又舒服。自古以来，人类把狗的友谊传为佳话，说实话，我真是感到惭愧。如今，狗与狗之间的友谊，就像人与人之间一样，几乎完全看不到友情。"

"现在，就让我们俩做个友谊的表率吧！"波尔康激动地喊叫，"来吧，伸出你的爪子来，让它们紧紧握在一起吧！"

两个新朋友立刻互相拥抱，互相亲吻，高兴得似乎不分彼此。

一个喊："我的奥列斯特！"

另一个叫："我的皮拉德！（奥列斯特和皮拉德是希腊神话中的两个好朋友）让争吵，妒忌和仇恨都统统滚开吧！"

恰好此时，厨房里扔出来一根骨头。两个新朋友飞也似的向骨头直扑过去，刚才还激动地抱在一起诉说的友谊、和睦，早已被丢在了脑后。奥列斯特和皮拉德拼命地相互撕咬，咬牙切齿，一撮一撮的狗毛满天乱飞。

最后，幸亏有人向他们泼了一盆冷水，这才让它们彼此分开。不然，这场争夺还不知要持续到什么时候。

人世间处处都有这样的友谊。对于现在的朋友，我想说：人们对待友谊，几乎都是一样的，听他们讲话，好像他们是同心同德，可是只要一根骨头，他们就会像狗一样争个你死我活。

阅读启示

判断一个人，不仅要"听其言"，更要"观其行"。也就是说不仅要看他说了什么，更要看他做了什么。当朋友遇到了困难，遭受挫折的时候，我们应该伸出援助之手，而不是去夸夸其谈说友谊。利益面前，更是友谊的试金石。

袋 子

在门厅墙角的地板上，躺着一只空袋子，仆人们走过的时候，常常拿它来擦靴子。

突然有一天，它变得身价百倍，袋子里装满了金币，被郑重地藏进了保险箱里。

现在，主人对它宠爱有加，成了他珍爱的宝贝。风吹不着它，雨淋不着它，甚至连苍蝇也休想在上面落脚。

主人喜欢把钱袋拿出来炫耀，所以满城人都知道有这样一只袋子。凡是有朋友来访，都会对钱袋喋喋不休地恭维赞赏。它时常被主人打开，人人都羡慕地向里面张望，往往瞧得眉开眼笑，靠近它的人，总是要温和地用手抚摸一下，或者是用手指弹一弹。

看到大家对它这样尊重和钟爱，钱袋就神气活现、骄傲自大起来了。它开始胡言乱语，对什么都要评头论足："这个不对！""那个是蠢材！""等着瞧吧，他一定会倒霉的！"

钱袋整天胡吹海侃、吹毛求疵，甚至话语不堪入耳，总是有人表现出感兴趣的样子，大家张大了嘴巴聆听着，还不时为之喝彩道好。很遗憾，这是人类的通病：不论钱袋说什么话，他们都要故作惊讶，认为是绝对的至理名言。

大家都知道，袋子怎么可能永远受到尊敬，永远被宠爱呢？

当袋子里的金币被掏空，它就会被人抛弃，成为仆人们擦鞋子的工具。

我不想得罪任何人，只想实话实说，如今许多了不得的大富翁，多么像钱袋一样的货色。过去，他们是酒馆里的侍者，家里一分钱也没有的穷光蛋。后来他们发了横财，就有了男爵、公爵的朋友，还一起毫无顾忌、无休无止地玩起牌来，要是过去，他们可是连这些人的门房内也不敢坐一下的。真是金钱万能啊！

不过，我尊敬的朋友，可别太得意，我悄悄地把真相都告诉你："愿老天爷保佑你吧！假如你一旦破产，人们就会像对待钱袋一样把你抛弃。"

阅读启示

充满金币的袋子，受到人们的青睐；掏空金币的袋子，就会被人丢弃。一个人要想得到别人、社会的尊重，就要提升自己的内涵，增强自己的能力，才能保证自己永远受到尊敬，享有社会地位。

狮子和蚊子

一头狮子骄傲自大，对蚊子的弱小不屑一顾，让蚊子气愤不已。于是，怀恨在心的蚊子，决定向狮子发动一场战争，以雪被藐视的耻辱。

蚊子既然是战士，冲锋不能没有号角，既是战士又是号手的它，嗡嗡叫着，冲向敌人，誓与敌人拼个你死我活。

狮子哈哈大笑，傲慢的它不把这当一回事。

然而蚊子可不是开玩笑。它在狮子的眼前、脑后和耳旁各个方向吹起号角。看准地方，发现机会，像老鹰似的猛扑过去，用针一样的毒刺在狮子的屁股上猛扎下去。狮子抖动身体，又用尾巴抽打敌人。蚊子却灵活聪明，而且一身是胆，从不知道畏惧。它又叮住了狮子的前额，用力吮吸着鲜血。狮子晃着脑袋，抖动着鬃毛。我们的英雄仍旧猛冲猛打，没有一丝动摇。它一忽儿钻进狮子的鼻孔，一忽儿叮咬狮子的耳朵。

狮子狂怒起来，爪子在地上乱抓乱挠，牙齿咬得咯咯直响，发出可怕的吼声，把森林里的树叶震得纷纷飘落，野兽们吓得魂不附体，拼命地远远躲藏，争先恐后飞奔的情形好像遭遇了洪水或是火灾一样。

是谁搞得大家惊慌失措？原来是一只蚊子！

　　狮子左冲右撞，疯狂地挣扎，精疲力竭，最后咕咚一声倒在地上，向蚊子求和。蚊子已经报过仇，发过了怨气，同意同狮子讲和。

　　蚊子吹着喇叭，在森林中飞来飞去，到处传播它战胜狮子的喜讯。

　　不要嘲笑弱者，也不要侮辱弱者。弱小的敌人有时报复起来异常凶狠，对自己不可盲目乐观。

阅读启示

　　狮子因为骄傲自大，遭到了蚊子的严厉惩罚。本领强大，绝不是骄傲的资本，更不能以此凌辱弱小。生活中，对于弱者，多伸出援助之手，多个朋友多条路。另外，弱小者也能用自己的智慧和勇敢，战胜敌人。

菜农和空论家

春天了，菜农在自己的菜畦里翻挖着泥土，好像希望掘出宝贝来似的。

菜农是一个勤劳的庄稼人，热爱劳动，而且身体强壮，精力充沛。现在，他已经翻好了五十畦的黄瓜地。

菜农的隔壁邻居，也是一个园艺爱好者，不过，喜欢高谈阔论，是一个自吹自擂、一知半解的空论家。他只是从书本上得到一点儿关于种菜的知识，就纸上谈兵。有一天，他突发奇想，开始雄心勃勃地准备种黄瓜。

他冷笑着对邻居菜农说："我亲爱的邻居，你工作真的很卖力。要是我的计划施行起来，肯定会大获丰收，到时候，你的菜园与我的相比，那就是一片荒地。说来奇怪，你这样马马虎虎种菜，一点脑筋不动，居然还没有破产！你大概没有读过什么书吧？"

"我没有时间读书，"菜农说，"但我知道勤勤恳恳地工作，熟练的技巧，还有一双勤劳的双手，就是我的学问。老天靠着这些，让我能够吃上饭。"

"你竟然嘲笑学问，真是个傻瓜！"

"不，先生，你不应该歪曲我说的话。无论您什么时候想出好计划，我都很愿意来学习。"

"那你就等着瞧吧，到了夏天，我会让你刮目相看的！"

"可是，先生，现在岂不是该动手了吗？我已经栽种了一些，可是你连一畦菜地还没有翻挖。"

"我现在可没有工夫整理菜地，我得读书和研究。我要从书中读到，是用铁锹挖地好呢，还是用犁翻土好呢？好在时间还来得及。"

"对你来说，也许是这样，但对我来说，时间可不充裕啊！"

说完，两人就分手了。菜农拿着铁锹继续翻地，我们的空想家躲进了他的书斋。空想家一会儿在书本里阅读、查找和摘录；一会儿又到田畦上挖掘。从早到晚，他忙忙碌碌，没有一刻停歇。一畦畦菜地刚透出尖尖的芽儿，他在书本里又有了新的发现，于是重起炉灶，按照新的方法办。

结果如何呢？菜农的黄瓜都已长大成熟，卖出去换了钱财。而我们的空想家，一根黄瓜也没有见到。

阅读启示

　　理论知识再多，计划再周密，口号再响，也不如脚踏实地有用。在学习和生活中，我们应该坚持理论和实践相结合，知行合一，才能走向成功。

鹅

　　一个庄稼人匆忙地赶着一群鹅，去集市售卖。他手里的长竹竿不停地挥舞，说实话，对鹅群可一点也不客气。他要早点赶到集市，这样鹅就会卖出个好价钱。只要事情涉及利益，对人尚且无情，更不必说对鹅了。

　　我倒不想责备乡下人。对此，鹅却有一番自己的见解。在路上，鹅遇到了一位行人，就向他抱怨起自己的主人来。

　　"天下还有比我们这群鹅更不幸的吗？一路上，主人粗暴地对待我们，催逼着我们，把我们当作普普通通的鹅任意驱赶。这个见识短浅的庄稼人，应该给我们特别的敬意。因为我们出身于高贵的世家名门，祖先曾经拯救过罗马城（据说，公元前390年，高卢人偷袭罗马，城墙上的鹅群被惊醒，它们的叫声唤醒了守城的军民，这才保住了罗马城），罗马人定下了专门的节日，就是为了纪念它们。"

　　行人疑惑地问："可是，你们有什么资格要人另眼相待呢？"

　　"当然是我们的祖先……"

　　"你们祖先的丰功伟绩，我在书上读到过，可是我想知道，你们自己做过什么了不起的事吗？"

　　"我们的祖先救过罗马城，这是多么了不起的贡献啊！"

"可是你们自己有过类似的贡献吗？"

"我们……我们没有什么贡献。"

"那你们所谓的高贵简直就是一派胡言。你们的祖先，他们因为自己的贡献，理应受到尊重；而你们，依着你们的行事，也只配烧熟了成为供人享用的美餐。"

阅读启示

出生的高贵，只能代表过去的荣光，如果自己不努力，活在祖辈的功劳里，迟早会像鹅一样，沦为别人的美餐。年轻的我们，不管你家庭条件如何优越，都应该努力读书，做出自己的一番贡献，才能有美好的明天。

鹰和蜘蛛

一只雄鹰直冲云霄，越过高加索山巅，栖息在一棵百岁的古松上。

雄鹰悠闲地观赏着眼前的无限风光。放眼望去，仿佛看到了大地的尽头，无边的草原上几条大河在弯弯曲曲地流淌，犹如几条玉带飘飞。近处，广袤的森林和牧场披上了春日的盛装；远方，汹涌的里海掀起黑色的波涛，像乌鸦的一双翅膀。

"啊，主宰天地的宙斯，我要赞美你！你赋予我凌云飞翔的本领，我简直不知道还有哪里我不能驻足。"雄鹰禁不住又感叹道，"朱庇特啊！（宙斯在罗马神话里被称为"朱庇特"）此刻，我正从世界上谁也无法登临的地方，俯瞰着全世界如画一般的壮丽河山！"

"天底下还真有吹牛大王！"一只蜘蛛在树枝上嘲笑地说，"伙计！我坐在这儿，难道不是在你之上？"

雄鹰抬头望去，松枝的上方，一只蜘蛛正奔忙，编织一张圆圆的蛛网，仿佛要挡住洒在雄鹰身上的阳光。

雄鹰不解地问道："这么高的地方，你是怎么到达的？就连最勇敢的鸟儿，也惧怕这高山之巅，而你既弱小又没有翅膀，难道你是爬上来的？"

"不，我可不敢爬这么高的地方！"

"那你究竟是如何到的这里？"

"其实，我攀附在你的尾巴上，是你把我带到了这里。不过，现在没有你，你瞧，我也能稳稳地站在这里。请不要再吹牛了，要知道，我……"这时，突然吹过一阵旋风，把蜘蛛刮到下面的山谷里去了。

不知道你们有何感想，不过我以为，那些既没有贡献，又不肯努力的人，像蜘蛛一样攀附大人物的尾巴爬上高位，于是，就挺起了胸膛，仿佛有胜过鹰隼般的力量似的，可是只要有一阵风吹来，就会把它们连同蜘蛛网一扫而光。

阅读启示

不管你现在地位多高，也不管你有多么荣耀，如果不是靠自己的能力所得，也只能是昙花一现。只有靠着勤劳的双手和不懈的努力，练就一双雄鹰的翅膀，才能随时拥有驻足山巅，饱览河山的机会。

鹰和鼹鼠

　　鹰王和鹰后从遥远的地方飞来，双双来到茂密的森林，决定在密林深处安家落户。它们选中了一棵枝繁叶茂的大橡树，准备在最高的一根树枝上开始筑巢，希望在这个巢穴里生儿育女。

　　一只鼹鼠听说了这个消息，大着胆子向鹰王提出忠告。

　　"尊敬的鹰王和鹰后，"它说，"千万不要在这棵橡树上面筑巢！它的根几乎快要烂光，随时都有可能倒掉。"

　　作为鹰王，难道要听一只鼹鼠的劝告？人们不是称赞鹰有一双洞察秋毫的锐利眼睛吗？小小的鼹鼠，成天躲在洞里，竟然干涉起鹰王的事情来。

　　鹰王不愿意跟鼹鼠多啰唆，压根就瞧不上鼹鼠的劝告。它立刻动手开始筑巢，迅速就为鹰后修建好了新居。

　　一切都顺理成章，鹰后很快生下了儿女。

　　后来有一天，朝霞刚刚染红了天边，鹰王出猎归来，带着丰盛的早餐，急急忙忙飞回家来，不幸的是，它看见橡树已经倒掉了，它的鹰后，它的子女，都已被橡树压死。鹰王悲痛万分，

两眼发黑。

"多么不幸啊，"它悲泣道，"因为我的骄傲，没有听从明智的劝告，这是上天给我的严厉惩罚。我哪里能够料到，一只鼹鼠却提出了这么好的警告。"

"要是你当时没有鄙视我，"谦恭的鼹鼠答道，"你肯定会想到，我在地下挖洞，和树根离得很近，树的健康与否，没有谁比我知道得更清楚。"

阅读启示

不要忽视任何人的建议，首先应该分析它是否有理。如果一个人自高自大，听不进去别人的建议，那么他离失败，可能就很近了。

天鹅、梭鱼和虾

一天，天鹅、梭鱼和虾相约一道去拉一辆货车。它们在各自准备就绪，便一起发力拉车。尽管它们用尽全力，但是货车却像是生了根似的一动未动。其实，凭着它们的力气，拉动车子倒也不难，只是天鹅使劲地往云里飞，虾用力往后拖，梭鱼则拼命地向水里拉。究竟谁是谁非，我不想去评说，只是那货车还停在原地没有挪窝。

阅读启示

　　团结就是力量。如果合伙人意见不统一，各自为战，事业就会一团糟。只有同心同德，心往一处想，劲往一处使，才能推动事业，蒸蒸日上。学习同样如此，读书三心二意，肯定收获不多；只有聚精会神、全神贯注，才能取得好成绩。

树叶和树根

晴朗的夏天，树叶将绿荫投下山谷，惬意地跟微风窃窃私语，夸耀自己茂密青翠的枝叶，还有大片的浓荫。你且听听它是怎样向风儿吹嘘自己的：

"整个山谷要不是有了我们绿叶的点缀，怎能显得如此漂亮和美丽？如果没有了我们，树木怎能这样郁郁葱葱、生机盎然、舒展挺拔、亭亭如盖？要是没有我们绿叶，光秃秃的树干是什么样子？说实话，我们称赞自己，完全是名副其实。烈日炎炎的中午，牧童和旅人爱我们凉爽的浓荫，为他们遮挡了如火的骄阳；美丽的牧羊女爱我们秀美的容颜，她们载歌载舞欢聚一堂。每当朝霞或晚霞布满天空之时，鸟儿们总是欢快地尽情歌唱，婉转动听的歌声在绿叶间回荡。就是您微风，我亲爱的朋友，不也喜欢和我们相亲相伴吗？"

"或许还应该对我们道一声'谢谢'。"一个谦和而又厚重的声音从地下传来。

树叶抖动着身子，沙沙作响，不屑地说道："是谁这样傲慢无礼地说话，简直是大言不惭！你们都是些什么东西，难道还想和我争个高下吗？"

地下的声音不卑不亢："我们是深深地埋藏在黑暗里的树根。

由于我们的滋养，你们能在阳光下美丽灿烂，你们能枝叶繁茂、葱绿青翠，你们能尽情炫耀自己。请你不要忘记，我们彼此之间只有分工不同的差别：当春天再次到来，因为有了我的滋养，才会有新的树叶飘动；一旦树根枯萎，你们也会随之凋谢。"

阅读启示

　　饮水思源，意味着不忘根本。树叶的翠绿，源于树根的滋养。一个人的成功，离不开那些默默支持者。作为学生，你的每一个进步，每一份成绩，都离不开父母、师长的"滋养"，要懂得感恩，不忘根本。

马和骑师

　　一个骑师，对他的马进行了严格的训练，人和马配合得非常和谐。骑师几乎不用拉缰绳，马儿就能读懂他的全部语言，因此他骑上马可以随心所欲，任意驰骋。

　　"给这样的马戴上嚼子，未免有些多余。"骑师不止一次地这样想过。

　　有一天，骑师突然有了一个好主意，于是，他骑马出去，立刻解掉了缰绳。

　　马儿自由了！起初，马儿还只是稍稍增加了点速度。接着，它高高地抬起头，抖了抖马鬃，仿佛在讨好主人，开始在原野上奔驰。当它发现自己没有任何束缚的时候，自由的本心，让它热血沸腾，眼睛里冒火，马儿再也听不见主人的话语，在无边的原野上，风驰电掣，狂奔不停。

不幸的骑师对马儿毫无办法，颤抖的手想把缰绳重新套上。他失败了。马儿被惹怒了，一路狂奔，猛冲猛闯，竟把骑师摔了下来。自由的疯狂让它激动得像旋风一样，马儿还是往前直冲，辨认不出什么方向，结果冲下深渊，摔得粉身碎骨。

骑师伤心极了，不住地哀叹道："我可怜的马儿呀，是我害了你。如果不是我解掉你的缰绳，你一定会听从我的话，不会把我摔下来，也不会命丧深谷。"

阅读启示

　　不管"自由"是多么诱人，如果没有限度，同样会带来危害。因此，任何的自由，都不是天马行空的，需要合理的节制，才能"从心所欲不逾矩"。

小狮子的教育

老天恩赐，森林之王狮子有了自己的宝贝儿子。

众所周知，野兽习性和咱们人类不大相同。对人类而言，一个一岁大的婴儿，即便他是帝王之子，也和普通老百姓一样，看上去既愚笨又娇弱。可是一只一岁的狮子，却早已离开襁褓，开始学习本领。

近来，狮王一直在认真考虑，要给儿子选择一位怎样的老师。不能让自己的儿子愚昧无知，不能让皇家的声誉受到玷污。要让儿子像它一样，执政的时候，狮王不会因此遭受臣民们的唾骂。谁来把如何做好国王的本事教给孩子呢？狮王陷入了深深的忧虑之中。

托付给狐狸吗？狐狸的确很聪明，可是它却老爱撒谎！跟撒谎的人打交道，那结果就可想而知了。而且，狮王认为撒谎不是国王所要学习的本事。

或许鼹鼠适合做儿子的老师？据说，鼹鼠干什么事情都是井井有条；没有察看过的地方，它绝不踏足。餐桌上摆出的每一粒谷子，都是它亲自剥皮、脱壳的。总之，鼹鼠确实在干小事情上声名卓著。不过，它的视力非常糟糕，近在眼前的事物它目光锐利，远处的事物却模糊一片。鼹鼠的本领足够自己使用，但狮子的王国要比鼹鼠洞大得多。

那么，为什么不让豹子来试试呢？豹子勇敢、强壮，又精通战术。可是，对于政治，豹子却一窍不通。它不懂什么是公民权利，如何传授治国之道。一个国王应该是政治家，是法官，还要是战士，而豹子真正擅长的只是作战！因此，豹子不配做小狮子的师傅。

总而言之，狮子大王把森林里所有的野兽都考虑过了，没有一位符合狮王的要求。就算是森林中最受尊敬的大象，尽管它像古希腊哲人柏拉图一样闻名，但在狮王看来，它也不够聪明，见解有限。

鸟类之王的老鹰，一向与狮王亲善友好，得知了狮王的苦恼，就决意帮朋友排忧解难。它向狮王承诺，要亲自教导小狮子。太好了，再也找不到比鹰王更合适的老师了。狮王长出了一口气，仿佛肩头卸下了小山一般的担子。于是，狮王忙着给小狮子打点行装，送它到鹰王那里学习治国之道。

一年过去了，两年过去了。无论你向谁打听，听到的都是一片赞美之声。鸟儿们在森林里到处传扬着小狮子求学的奇迹。狮子大王心里非常满意。小狮子终于毕业了，狮王派专员把小狮子接回家。

狮王立即召集所有的臣民，大大小小的野兽济济一堂。狮王拥抱着儿子亲了又亲，并当众说：

"亲爱的儿子，你是我唯一的继承者，我已日薄西山，而你正如旭日冉冉升起，因此，我想让你来接替我治理这个王国。现在，当着大家的面说一说，你都学到了什么本领？懂得了什么道理？打算如何为你的子民谋幸福？"

"爸爸，感谢您的良苦用心！"小狮子骄傲地说，"我已经学到了你们中谁也不懂的学问：从老鹰到鹌鹑，每一类鸟儿最适合生长在什么地方，哪一类鸟儿喜欢吃什么食物，它们下什么样的蛋，我都知道得一清二楚。请您看一看这张毕业证书吧！鸟儿们可不会无缘无故地夸赞我。它们甚至认为我能飞到空中把星星摘下来。如果您让我管理这个国家，我将竭尽所能带领我的子民们立刻建筑鸟巢。"

狮王长吁短叹，臣民们连连摇头。此时，狮王才醒悟过来：小狮子拜错了师傅，所学的都是些无用的东西，说的是一些荒唐之言。天生要管理野兽的，何必要懂得鸟儿的习俗？一个国王最重要的学问，就是了解自己臣民的习性，捍卫自己国家的利益。

阅读启示

　　屠龙之技，学而无用。小狮子所学，对于兽类王国就是屠龙之技，派不上用场。狮王在给儿子挑选老师时，没有从自己的国情出发，盲目地求全责备，结果事与愿违。我们在学习和生活中，在做决策时，应该从实际出发，既要考虑周全，又要突出重点，切勿好高骛远，这样才能实现目标。

参观者

"亲爱的朋友，你到哪里去了？"

"去了博物馆，我在那里参观了三个钟头，每一处都仔细看过，一点也没有落下，到处令人惊奇，简直叹为观止！我真想把我所见完完整整地告诉你，只是我说也说不好，记也记不清。展室里，我看到了各种各样的飞禽走兽，还有蝴蝶、昆虫、苍蝇、甲虫、蟑螂的标本。有的像绿宝石，有的像红珊瑚，还有极小极小的瓢虫，纤细得简直可与针尖相比！"

"你看见那头大象了吗？庞然大物，你一定认为是碰到了一座大山！"

"难道那里有大象？"

"当然有呀！"

"唉！老兄，真是遗憾，我真的自始至终都没有看见。"

阅读启示

　　一些人认识世界，"只见树木，不见森林"，也就是说，他只看到了局部，却没能注意整体，结果是因小失大。在学习和生活中，我们反对走马观花，也不提倡过于琐碎，应该既要有大格局，同时又能注意细节，这样才能不留遗憾。

"好心"的狐狸

知更鸟死在了射手的枪下。然而，灾难还不止如此，可怜的是，三只小知更鸟无依无靠，成了孤儿，再也没有了妈妈照料。

三只小知更鸟刚孵出不久，此时，冷得发抖，饿得难受，叽叽喳喳，呼唤着它们的母亲。一声一声悲哀地鸣叫，死去的妈妈再也无法听到。

一只狐狸听到了小知更鸟的悲鸣，蹲在鸟巢下面一块石头上，仿佛不忍似的说道："看到这些可怜的娃娃，谁不感到心痛，谁能不怀着同情？诸位仁慈的朋友们，别抛弃这些嗷嗷待哺的幼雏。有粮的出粮，哪怕给它们一粒粮食也好；有力的出力，就算往它们巢里添一根草也行，你们这叫珍爱生命，贡献爱心，难道还有比慈善更高尚的事业吗？"

狐狸觉得自己说完没有效果，开始指名道姓地分派任务起来。

"杜鹃啊，你不是正在换毛吗？顺便把你的羽毛多拔下几根来，反正那些毛也是白白丢掉，倒不如替它们做一床柔软温暖的被褥，岂不更有意义？

"还有你呀，翻飞的百灵，你一直在空中嬉戏，玩够了吧？应该到田野间、草丛中去找寻昆虫，为可怜的幼雏送上一份。

"还有你呀，斑鸠，你的小斑鸠已经羽翼丰满，它们能够自己觅食，老天保佑，你无需牵挂。到这边来吧，给三只小鸟当妈妈。

"你啊，燕子，多捉几只蚊子，让可怜的孤儿吃一顿饱饭。

"至于你，美丽的夜莺，我们都知道，你有一副动听的歌喉，当微风轻轻地摇曳鸟巢，你可以用舒缓动听的摇篮曲伴它们入梦。

"听我说，我们要让大家知道，即使在森林里，也有美丽的心灵，善良的……"

狐狸的话还没有说完，那三只小知更鸟已经饿得头晕眼花，再也支持不住，从树上跌下来，正好落在狐狸的身旁。狐狸把仁慈抛在了一边，立刻吞吃了三只小鸟。

我的朋友们，人是否善良，不在言语。仁慈的人，顾不上把善良挂在嘴边，夸夸其谈，他只在默默地行善。慷他人之慨，保自己利益，他们的言谈话语和这只狐狸没有两样。

阅读启示

　　狐狸时刻把善良挂在嘴上，可面对利益，却把仁慈抛到边上。真正善良的人，绝不只是停留在口头上，他会用行动去证明，而且不事张扬。有道是"听其言，观其行"，我们不仅要看他说了什么，更要看他做了什么，这是判断一个人品行屡试不爽的方法。

石头和小虫子

"真是愚蠢透顶！就这么哗哗啦啦一阵雨水，简直就是吵吵嚷嚷！"一块躺在庄稼地里的石头嘲讽雨水说，"居然人们都欣喜若狂地欢迎它！瞧瞧他们的脸吧，对待雨水仿佛在对待一个渴望已久的贵宾，其实也就下了两三个小时，也没有做出什么惊天动地的事情。还是让大家认识一下我吧。我在土地上躺了几百年，脾气一向谦卑温顺，不论把我扔在哪儿，我都毫无怨言地接受。然而，谁也没有对石头称赞过一声。难怪有人诅咒这个世道，的确，在这个世界上我没有看到什么是正义和公平。"

"住口！"一只小虫子对石头喊道，"不管雨下得时间怎样短促，但毕竟浇灌了周围的庄稼，缓解了旱情，让焦急的农民们重新燃起丰收的希望。然而你却是一块无用的东西，是埋藏在土地里的一个赘瘤。"

阅读启示

生活中，很多人说他辛苦工作了多少年，很多时候，就像这块石头一样，历经了岁月却没有多少贡献。即便吹嘘说自己做了多少贡献，其实，所谓的贡献没有丝毫意义。因此，学生要努力读书，多学本领，做有意义的事情，成为一个受人们喜爱的人。

狗、人、猫和鹰

　　狗、人、猫和鹰下决心要做好朋友。于是，他们对天盟誓：要成为天底下感情最真挚，内心最忠诚，直到永远的好朋友。大家同住在一个屋檐下，一张桌子吃饭，不论是安乐或是忧患，他们将同甘共苦，始终相依；互相帮助，互相爱护，像亲兄弟一样，如果需要，不惜用鲜血和生命捍卫友谊。

　　有一天，一群朋友一起出门打猎。大家走了很远的路，才来到山林中。长途跋涉让他们又累又乏，于是他们停下来，在一条小溪边休息。坐的坐，躺的躺，他们睡意蒙眬。突然，从树林中蹿出一只饥饿的黑熊，张大了嘴巴气势汹汹向它们扑过来。

大难临头之际，猫敏捷地钻进了树林，眨眼间不见了踪影；鹰展开宽大有力的翅膀，飞向天空；人眼看着就要被黑熊扑倒，命悬一线的时候，忠实的狗猛然奋力向熊扑去，死死地咬住了黑熊，不管黑熊怎样咆哮、撕打，狗吊在黑熊的身上就是不肯放松。狗的牙齿一直咬到黑熊的骨头上，直到自己闭上眼睛方才罢休。

而此时人呢？真是羞愧啊！这个卑鄙的人，就在狗与黑熊拼死搏斗之时，他拣起地上的猎枪，偷偷地溜走了。因此，说到忠诚，有时人类难以与狗相提并论。

忠诚的友谊，嘴上说起来美妙动听，而实际生活中多是上述故事的场景。患难中的朋友才是真正的朋友。患难之时，才能看清朋友的真心。

阅读启示

患难中的朋友才是真正的朋友。患难中结下的友谊，经受了考验，应该好好珍惜。因此，看一个人不仅要"听其言"，更要"观其行"。另外，面对灾难，真正的朋友应该团结起来，才能最终取得胜利。

命运女神和乞丐

　　一个乞丐背着打满补丁的布袋，来到一幢华美房屋前，在窗下久久徘徊。他一面为自己悲惨的命运而愤愤不平，一面禁不住诧异：

　　那些身居高楼大厦的人们，腰缠万贯，过着富足而又奢侈的生活，然而无论钱袋装得多满，他们从来就没有满足的时候。他们穷奢极欲，贪得无厌，折腾到破产才不得不罢手。

　　就拿这幢房子的主人来说吧，他的买卖一帆风顺，生意一天天地兴隆。他赚了一大笔钱，足够他安享晚年，但他不肯适可而止，把产业交给别人管理，自己打算到海外去发展，想再赚回一座座金山银山。在一个春天，他派船出海，但他的船在海上遇到了风暴，所有金银财宝与船一起沉到海底，他发财的计划犹如春梦一场。

　　还有一位承包商，起初，他可以赚到百万，但他却想再翻一番，结果贪心太重，倾家荡产。总而言之，落得这样下场的人，何止成千上万，活该，谁叫他们不知道收敛！

　　这时，命运女神出人意料地站在乞丐面前，她温和地微笑说："你听我说，我想帮你一个忙，我搜集了一大堆金币，请把你的袋子打开吧，我要用金币把它装满。不过，我还有一个条件：装进袋子里的都是金币，如果掉到地上就立刻变为垃圾。切记！我可预先警告过你了，我会严格遵守这个条件。你的袋子是破旧的，要适可

而止，可别塞得太满了！"

听到这消息，乞丐惊喜得气都透不过来了，他简直觉得飘了起来。乞丐把袋口尽量撑开，于是，闪闪发光的金币雨点一般慷慨地落进袋子。袋子迅速沉重起来。

"够了吗？"

"不，还不够！"

"袋子快撑破了！"

"不会的！"

"瞧，现在你要变成富翁了！"

"请再给一点儿，还有地方装呢！"

"满了，袋子要撑破了！"

"稍微再给一点点！"

袋子裂了，金币全都落在地上，变成了一堆垃圾。命运女神走了，地上躺着打着补丁的破布袋，乞丐仍旧是个乞丐。

阅读启示

乞丐原本可以成为富翁，却因为贪婪丧失了机会。其实，很多时候人们可以改变命运，却因为贪得无厌错失良机。对于青少年而言，不要过于贪念物质生活，凡事适可而止，否则，不利于我们健康成长。

一个人和他的影子

"我要抓住我的影子！"一个奇怪的家伙突然异想天开。他刚迈开步子，影子就蹿到他的前方。他想："我得走得快一点。"于是，加快了脚步，谁知影子比他走得更快。最后，他飞奔起来，影子也急速跳跃，总是跑在前面，怎么也抓不着它。

忽然，这个怪家伙停下了脚步，转过身来往回走去。他扭转头时，发现影子慢吞吞却跟在了后面。

亲爱的朋友，你们知道吗？那位掌管命运的女神，她的脾气跟影子不差毫厘。有人整天机关算尽，拼命追逐着幸福，可是枉费心机，白费了辛苦，一辈子也没能看到幸福的模样。另一个人，只管踏踏实实，兢兢业业，埋头做自己的事情，仿佛跟命运女神背道而驰，结果却让他交上了好运。

阅读启示

　　一个追求成功的人，要的是脚踏实地的努力，夜以继日的勤奋。如果一味地机关算尽，走所谓的捷径，到头来只能枉费心机，成功永远和你擦肩而过。因此，那些只问耕耘，不问收获的人，也是离成功最近的人。另外，在思考问题的时候，如果向前抓不住影子，不妨转过身来，调整思路，影子也就乖乖跟着你了。

杜鹃和斑鸠

　　杜鹃站在树枝上哭得伤心。这时，一只斑鸠轻轻地飞过来，想安慰一番悲伤的杜鹃。

　　"杜鹃，我亲爱的朋友，你为什么哭得那么悲伤？"斑鸠柔声问道，"是春天已经离开，爱情将要逝去，太阳正在西沉，冬天即将来临？"

　　"唉，我现在的境况凄惨，怎么能不伤心呢？"杜鹃抹了一把眼泪说，"我把我的苦处跟你说说吧。今年春天，我甜蜜地恋爱了，不久，我就有了爱情的结晶，幸福地做了母亲。谁知小杜鹃根本就不认我，难道这就是孩子对我的感恩？小鸭子们团团围住母鸭；母鸡一声叫唤，小鸡赶忙向妈妈扑去，当我看到这些，怎么能不羡慕？而我呢，形影相吊，没有谁来关心，我多么渴望天伦之乐，体验一下孩子们对母亲依恋的滋味啊！"

　　"可怜的杜鹃，你的遭遇真叫人伤感和同情。如果我的孩子也这样对待我，我想那真的会要了我的命，尽管当今世界这样的事情时有发生。不过，我很想知道，你的孩子是什么时候出生的？我总是看见你不停地飞来飞去，在阳光里嬉戏游乐，你是什么时候筑的巢呢？"

　　"浪费美好的时光，卧在巢里孵蛋，实在无聊透顶，只有傻子才去干那种愚蠢的事。我呢，总是偷偷地把蛋生在邻居的鸟巢里，让它们替我服务。"

"既然这样，那你就别指望从孩子那里得到亲情的温暖。"斑鸠冷冷地说。

身为父母的人们，这则寓言是很好的一课。不敬爱父母，这永远是一种罪恶。然而，如果在孩子们成长的过程中，做父母的不陪伴他们并加以爱护，只托付给阿姨看管，老年时得不到很多陪伴安慰，那只能归咎于父母自己。

阅读启示

　　爱是相互的，父母爱孩子，孩子也爱父母。如果像杜鹃那样，不想为孩子付出，却又想得到亲情的抚慰，只能是痴心妄想。生活中也是一样，当我们用爱来拥抱父母、亲人、同学、朋友，乃至于这个世界的时候，你也会收获他们对你真正的爱。

梳子

  妈妈买回来一把漂亮的新梳子，要给男孩梳理蓬松的头发。梳子的齿密密的，造型和颜色孩子都很喜欢。无论是游戏还是学习的时候，他总是开心地拿它梳理自己的金色头发。于是，卷曲的头发像波浪一样起伏，羔羊毛一样柔软，亚麻一样光洁。

  新梳子可真好啊！用起来不扎头皮，滑溜而又平稳，往往能顺利地一梳到底，男孩子爱不释手，把它当作了自己的宝贝。

  有一天，新梳子突然不见了。男孩子玩得兴高采烈，不再梳理头发，整天东奔西跑。头发蓬乱得就像一堆乱草。保姆想替他把头发弄弄整齐，给他梳理时他痛得又哭又叫："我的新梳子哪儿去了？"

  最后，保姆费了好大劲儿，终于又把新梳子找到了。可是新梳子插进头发中进退两难，跟别的梳子没有什么两样，拉拉扯扯把男孩疼得眼泪直流，不停的大声喊叫："你这把讨厌的梳子，可恶的梳子！"

  "我的朋友，"新梳子委屈地答道，"我还是老样子，没有变啊！倒是你的头发乱蓬蓬的，梳理起来才如此糟糕。"

  愤怒的男孩子又气又恼，以为新梳子不肯承认错误，一怒之下把它抛进了河里。现在，这把梳子躺在河底，归水妖们使用了。

我们也是这样对待真理的。当一个人良心上洁白无瑕，他能够相信真理，按照真理办事；一旦他居心不正，就会把真理当作耳旁风。

阅读启示

　　故事中男孩子不断梳理头发，柔顺的时候，是新梳子的功劳；当头发蓬乱，难以梳理的时候，也是新梳子的过错。梳子还是那把梳子，不同的是人改变了。因此，在学习和生活中，遇到了困难，不可盲目责怪他人，应多从自身找原因。

阿尔喀得斯

阿尔喀得斯也就是希腊神话中的赫拉克勒斯，希腊神话中的英雄，天神宙斯和阿尔克墨涅之子。

阿尔喀得斯是一位英勇过人、刚强无畏、敢于挑战的英雄。有一次，他经过一条险峻的小道，道路狭窄，仅能容得下一人通过，两边都是悬崖峭壁。路中间躺着一个蜷缩的小东西，长得特别像一只刺猬，看不太清楚。

阿尔喀得斯想用脚跟把它踩碎，不料，他的脚跟一碰，小东西却膨胀了一倍。阿尔喀得斯愤怒了，立刻操起沉甸甸的木棍，狠狠地向小东西打去。不可思议的事情发生了，眼瞅着小东西迅速发胖、膨胀、长大，样子变得十分可怕，简直令人恐惧。最后，小东西竟变成了庞然大物，把小道堵得严严实实，几乎挡住了阳光。

看着眼前的怪物，阿尔喀得斯惊慌失措，吓得木棍掉在了地上。突然，女神雅典娜（希腊神话中的智慧女神，是宙斯的女儿，阿尔喀得斯的姐姐）出现在弟弟旁边，对阿尔喀得斯说："弟弟，千万不要再招惹它。这怪物的名字叫作'纷争'，如果你对它不予理睬，它就变得非常渺小，甚至可以被忽略；如果你自不量力想和它较量一番，那么它就在诅咒声中越长越大，甚至变成一座高山。"

阅读启示

　　这则故事告诉我们，"纷争"是一个怪物，无视它时，它会渺小到看不见；招惹它时，它会变成一座高山。因此，在学习和生活中，我们遇到了纷争，不要去招惹它，纷争也就会冷却下来；你如果纠缠不休，越闹越大，反而不利于问题的解决。

猎人

人们做事大都喜欢拖延，"还来得及"是他们最喜欢说的口头禅。其实他们并没有去思考，只是出于懒惰的心理而已。所以，如果有工作要做，就应该立刻做好，不然，幸运女神突然眷顾的时候，你只能埋怨自己，我还没有准备好。

一个猎人，带着他的猎枪、弹药、袋子，还有和他脾气、习惯十分相投的猎狗，去森林打猎。出发前，有人就劝他在家里就把弹药装好，但执拗的他还是带着空枪走出门。

"没有必要！"他坚持说，"这条道我不知走过多少次，向来如此，连一只麻雀也没有见过。从这里出发到达目的地，得走一个小时，漫漫长路，哪怕要我装上一百回子弹，我都来得及。"

命运女神仿佛有意在和他开玩笑，走出村子不远，猎人发现在路边的湖面上有一大群野鸭在嬉戏，也许一梭子子弹就能打中六七只，肥美的鸭肉足够他吃上一个礼拜。遗憾的是，他的枪筒里没有子弹。

猎人手忙脚乱地填装子弹，可是野鸭敏锐地觉察到了他，枪弹还没有完全装好，野鸭就发出一声叫喊，一齐振翅高飞，越过高高的树林，消失在天边。

猎人带着心爱的狗在森林搜索，这个荒凉的地方，他甚至连一只麻雀也没有碰见。

更糟糕的是，屋漏偏逢连夜雨，两手空空，却又遇到了阴雨天，他浑身衣服湿透，拖着疲乏的脚步回到了家。

然而，他埋怨的不是自己，而是命运的悲惨。

常言说，"有备而无患"。在生活和学习中，凡事都应早早做好准备，这样才能在机遇到来时，了无遗憾。否则，"平时不烧香，急来抱佛脚"，这样做事不会有令人满意的结果。

蜜蜂和苍蝇

　　两只苍蝇打算飞往国外，它们曾经听鹦鹉描绘过，说那里是人间仙境，是一个美丽富足的地方。于是，它们怂恿蜜蜂一块儿过去，多个伙伴，遥远的路途上不会太寂寞。

　　苍蝇抱怨说，在自己的国家，它们一点尊严也没有，无论飞到哪里，总是受到人类的驱赶。更过分的是（人类怎么不害臊呢，简直都是怪物），在丰盛的宴席上，人类胡吃海喝，却不许它们染指，竟然在美味的食物上加盖一个玻璃罩，看着诱人的肉饼，它们却碰也没

法碰到，只能望饼兴叹。可恶的蜘蛛还来捣乱，布下天罗地网，吓得它们心惊胆寒。

"祝你们旅途愉快吧，"蜜蜂回答说，"对我来说，我觉得在自己的国度生活得十分愉快，我用劳动酿造蜂蜜，不论是普通民众还是位高权重的高官都喜欢，所以我可以随意飞到东飞到西。如果不能为他人造福，你们就是飞到天边也无济于事，没法儿指望得到尊敬和爱护，或许只有蜘蛛才会在那里欢迎你们。"

凡是为祖国做出贡献的人，决不会轻易离开祖国。唯有无益于国家的人，总是在异乡寻找快乐。他不是那个国家的公民，自然不会被责备；对于他的游手好闲，也就无需理会。

阅读启示

　　为社会为他人做出贡献的人，无论什么时候，不管在哪里，人们都会记住他。而那些不愿为社会为他人付出的人，就是走到天边，也不会受到欢迎。他们往往抱怨生活不满社会，可曾想到自己为社会为别人做了什么？

攀藤

    园子里，一棵攀藤在悄悄地生长，它攀附着一根枯树桩向上爬。攀藤看到在附近的田野里，站着一棵小小的橡树。

    "你看，多么丑陋的家伙！真不知道能有什么用处！"攀藤指着橡树低声地对树桩说："你有挺拔而又魁梧的身躯，就像一位身材伟岸的将军，它绝不能和你相比，虽然它长了几片叶子，老实说，那叶子是纹理粗糙，颜色灰暗，真是难看！我不明白天底下为什么还要生长这么劣等的植物。"

    枯树桩听完这些谄媚的话，禁不住和攀藤一起狂笑起来。

    不到一周的光景，主人需要柴火，枯树桩被劈成木材，幼小的橡树却被移植到园子里。

    小橡树很快开始发芽，长出新叶，根深深地往扎下，树干努力地朝上长，一天天地茁壮起来。现在，攀藤又开始围绕橡树打转，并把对枯树桩说过的奉承话，给小橡树说了一遍又一遍。

阅读启示

    对于攀藤这样的势利小人，我们要保持警惕，绝不能因此脑袋发昏，掉以轻心。面对别人的打击，不可丧失信心，努力地成长是对付谣言者最好的手段。

两只桶

　　马路上滚动着两只木桶，一只装满了酒，另一只空空如也。酒桶缓慢滚动，不声不响；空桶飞快地滚动着，蹦蹦跳跳，一路上乒乒乓乓、咕咕咚咚，雷鸣一般，还夹杂着飞扬的尘土，惊得路人远远躲开。然而，不管空桶闹腾得多么欢，它的价值却永远也赶不上酒桶。

　　凡是喋喋不休向人夸耀成就的人，其实，他并没有多少可以称道的地方。真正有能力的人，却总是埋头苦干、不声不响，是他们干出了经天动地的事业。

阅读启示

　　俗话说，"一桶水不响，半桶水晃荡"。真正有本事的人，往往谦虚低调，从不张扬。不学无术的人，到处夸耀，唯恐别人不知道。

蚂蚁大力士

从前有只蚂蚁，它的力气很大，自开天辟地以来，这样的蚂蚁大力士还不曾有过。据蚂蚁的史书明确记载：它能够毫不费力地举起两颗硕大的麦粒。

还有它的勇敢，也是前所未有，可以像老虎钳似的一口咬住蛆虫；它敢于单枪匹马地向蜘蛛发起攻击。蚂蚁大力士在蚁冢之内享有盛名，走到哪里都是前呼后拥，赞美之声响成一片，谈论的话题几乎都是围绕着大力士展开。

我认为，过分的赞美百害而无一利，但是蚂蚁大力士却与众不同！它听见赞美的话就心花怒放，心情愉悦。对于阿谀奉承，它深信不疑，弄到后来，头脑里塞满了颂扬的话，整天晕晕乎乎竟有些飘飘然了，想到城市里去一显身手，博得大力士的名声。

终于有一天，蚂蚁大力士爬上一辆农夫的拉草车，得意扬扬，像个大王似的进城去了。

不料，高傲的蚂蚁大力士受到了致命的打击。它本以为人们会像救火一样从四面八方赶来，对它围观、叫喊，谁知，城里人个个忙着自己的事情，根本就没有人理会它。蚂蚁大力士一会儿举起树叶，一会儿趴在地上，一会儿匍匐前进，累得筋疲力尽，可是没有人停下脚步，瞧上一眼。它抬抬腿、伸伸腰，显得十分沮丧。

一条狗蹲在主人的货车旁，蚂蚁大力士跟它搭讪说："你们城里人真的都是有眼无珠，没有头脑。我在这里表演了整整一个小时，可是没有一个人理睬。真的太不正常了！要是在我们蚁家里，哪一个不重视我这个响当当的勇士？毕竟，我在全蚁家是赫赫有名的。"

说完，蚂蚁大力士丧气地爬回了家。

阅读启示

　　有些人，自以为名满天下，虽然有些才能，其实也是井底之蛙。实际上，一个人应该有自知之明，才能不囿于一孔之见。否则，自取其辱，被人笑话。

老鼠会议

有一天，老鼠们忽然想要扬名立万，于是大张旗鼓地从地窖里一直喧闹到阁楼顶上。它们才不管雄猫和雌猫如何凶狠，也不管厨子和管家婆气得发疯。为了宣扬它们的业绩和更好地斗争，它们准备召开一次老鼠会议，不过，参加会议的老鼠有个要求，与会者的尾巴必须要超过身体的长度。这条规矩听上去有点古怪，那是观念中约定俗成的规定：它们相信尾巴生得长，就表明它的才干出众，而且比别的老鼠更加灵敏。

此种说法是不是灵验，我们姑且不论。其实，就算是有智慧的人类，不也有相似的认识吗？比如，人类往往根据一个人的外貌和服饰，来判定他的品质才能。现在，大家当场一致决定：只有长尾巴的老鼠才能参加会议。

遗憾的是，那些没有尾巴的老鼠，即便是在战斗中失掉尾巴的，也只能说明它的能力不强，或者是粗心大意。这样的老鼠一律被拒绝参会，以免给其他老鼠带来不幸。

不久，一切都安排妥当，它们下发了开会通知：时间是半夜三更，地点设在存放面粉的箱子里。会议如期举行，大家正襟危坐。

"天哪，一只没有尾巴的老鼠混了进来，跟大家坐在一起！"一只小老鼠目睹了这一幕，推了推坐在旁边白胡子的鼠界长老，低声说，"我们的规定怎么不执行？这号老鼠我们绝不欢迎，还是把它及早赶出会场，不然，它不仅连累咱俩，还会葬送我们所有与会的鼠辈。"

白胡子长老轻声说："别吱声！你说的道理我都懂，只因为那只没有尾巴的老鼠是我的好朋友。"

苍蝇和蜜蜂

春天来啦，温暖的阳光照耀着大地，花园里百花盛开，和煦的风摇曳着青草叶，一只苍蝇伏在细茎上，昏昏欲睡。蜜蜂忙碌地飞来飞去，辛勤地采集着花蜜。

苍蝇看到花朵上的蜜蜂，懒洋洋地摇了摇脑袋，不屑地说："可怜的蜜蜂，你每天从早忙到晚，要是换了我的话，哪怕一天工夫，就会把我给累垮了。"

苍蝇晃了晃脑袋，跷起二郎腿，一副神气活现、悠然自得的样子，继续说道："你瞧瞧我的生活，简直赛过活神仙。我除了拜拜客，就是跳跳舞，悠闲自在。不是我自吹自擂，城里有钱有势的人，我统统认识！结婚的庆典也罢，生日的宴会也罢，我总是第一个光临。磁碟里的佳肴任我品尝，光洁玻璃杯中的美酒随我享用。我围绕美丽的太太小姐上下翻飞，一会儿落在她们粉嫩的脸蛋上，一会儿又爬上他们雪白的脖颈。"

"这个我知道！"蜜蜂淡淡地说，"可是我听说，你根本就不受欢迎，筵席上的苍蝇会让人生气，所以，你一露面就人人喊打，直到把你赶走为止。"

"赶就随他赶，那有什么关系呢？"苍蝇不以为然地说，"他们把我从这一扇窗子赶出去，我就又从另一扇窗子飞进来。"

阅读启示

　　苍蝇不努力工作，混吃混喝，还自鸣得意，不以被人厌恶为耻，这种行为为人们所不齿。我们应该向蜜蜂学习，用自己辛勤的劳动，赢得他人的赞扬和钦佩。

野山羊

冬天，牧人在山洞里意外发现了一群山羊。他流下了激动的眼泪，立刻跪在地上向上天祈祷："上天啊，感谢您的恩赐！我不需要别的珍宝，如今您让我的羊群增加了一倍。就是不吃不喝，我也要照料好这些野羊，不久，我将要成为这一带的富人啦。俗话说，地主靠田产，牧人靠羊群。眼下，我的羊群就像地主的田产一样给我带来财富。羊群让我的奶油和奶酪堆积起来，我可以随时剪取羊毛，剥下羊皮。只是饲料让人操心，不过，牧人总会为冬天储备下充足的干草。"

牧人对野山羊宠爱有加、关怀备至，给它们吃最精致的饲料，一天要看它们上百回，而且还想出抚摸等各种亲近的方法，来驯服它们的野性。无论如何，千万不能委屈了野山羊。

牧人减少了原有羊群的饲料，完全不顾它们的饥和饱，甚至每只羊只扔一把甘草，就觉着不少了，反正是自己家的羊，完全可以将就一下。如果它们贪嘴，牧人就把它们赶跑，以免它们贪得无厌。

糟糕的是，第二年春天来临，狡猾的野山羊偷偷地跑了，逃回山麓之中，一只也没有留下。山中有它们熟悉的山岭，还有自由的生活。牧人家里的羊群，一只只骨瘦如柴，接二连三地病倒，最后全部死去。去年冬天的时候，牧人还梦想着自己发财致富，如今失掉了羊群，穷得一无所有，不得不挎个筐子四处流浪乞讨。

牧人啊，让我明白告诉你：与其把饲料白白地浪费在野山羊身上，不如多多关心你原有的羊群。

阅读启示

　　人们常有这样的坏毛病：喜新厌旧，对已经拥有的不珍惜。故事中的牧人，就属于这一类。结果当然值得警醒。其实，当下拥有的，就是你最值得珍惜和爱护的。珍惜你所有的，追求你所要的，才不会像牧人那样弄得最后一无所有。

诗人和富翁

诗人向宙斯控告大富翁，并且请求宙斯为他申冤。宙斯命令原告和被告亲自出庭，接受审判。

诗人和富翁都到了。诗人面黄肌瘦，穿着破衣烂衫，鞋子破烂不堪，穷困潦倒；富翁大腹便便，披金戴银、衣帽光鲜，神情傲慢。

"您发发慈悲吧，奥林匹斯山的君主，呼风唤雨、驱策雷电的神啊！"

诗人泪流满面地哭诉道。

"我究竟犯了什么罪过？让我经受如此的艰难困苦：永远是饥肠辘辘，食不果腹，不得一餐温饱；风餐露宿，上无片瓦，下无立锥之地。灵感就是我的全部财产。而你看看富翁，没立下半点功劳，没有贡献丁点谋略，比木偶高明不了多少，却住着豪华的宅院，过着国王般的日子，养尊处优，体态臃肿，而且动辄前呼后拥，受人膜拜。"

宙斯回答说："你的诗歌将世代为人所传诵，你的美名将流芳千古，这难道不是意义深远吗？而他呢，荣华富贵不过是过眼烟云，山珍海味也不过是穿肠而过，到头来还不是荒冢一堆？即便是孙辈已近乎把他忘了，更不要说后世留名了。

"当年，不是你甘愿选择名扬后世吗？因此，我把尘世的荣华给了他。要是他足够聪明，能够看破红尘的话，在你的面前，他一定会感到自己可怜、粗鄙与渺小，在自惭形秽的同时，会强烈抱怨命运对他的不公。"

阅读启示

诗人象征着精神财富，富翁象征着世俗荣华。物质的富足，是暂时的、短暂的，精神财富才是永远的、珍贵的。因此，在学习和生活中，我们应该志存高远，不要只汲汲于物质的满足，而应该用知识武装头脑，为国家、为人类留下不朽的财富。

乌鸦

假如不想被人讥笑，那就请记住你的出身，如果你一定要攀龙附凤，岂不就像小矮个老想往巨人堆里钻？你该记住，你的身材是矮还是高。

一只乌鸦在尾巴上插了些美丽的孔雀毛，趾高气扬地来到孔雀的跟前，想与孔雀为伍。乌鸦满心以为，它的亲戚朋友一定把它当成神奇的鸟儿，羡慕它身披美丽的羽毛。孔雀一定会把自己引为同类，它终于有了出头之日，这个世界也因有了它而分外荣耀。

尽管乌鸦傲慢地想入非非，心中欢喜，但结果怎样呢？

孔雀们发现了乌鸦，纷纷围拢过来，向它狠狠地啄去。乌鸦左冲右撞，差一点摔倒在地，狼狈地飞出重围，插在身上的孔雀毛早已丢失殆尽，自己身上的羽毛也所剩无几。

乌鸦重新回到自己同伴的身边。可是瞅着全身稀疏披着几根毛的古怪家伙，同伴们谁也不认识它，一拥而上把它剩下的羽毛也啄掉了。

可怜的乌鸦，在风中瑟瑟发抖。它本想出人头地，却落了个孔雀不承认它，乌鸦也不接纳它的尴尬下场。

为此，我再配合着讲一个小故事。

有个商人的女儿玛特琳娜异想天开，一心想嫁一位地位显赫的贵族人家，并以五十万元作为陪嫁。幸好，有位男爵娶了她。结果怎么样呢？丈夫的亲朋好友看不起她，尽情地调侃，甚至辱骂她，说她"铜臭熏天，庸俗之至"。她的姐妹们因为她贪图富贵，爱慕虚荣，又都骂她势利。可怜的姑娘，既不是孔雀，又做不了乌鸦。

阅读启示

　　寓言中乌鸦的故事让人警醒。弄虚作假，到头来害的是自己。与其自欺欺人地被人嘲笑，何不做一个真实的自己？看清自己的不足，努力弥补缺失，才是改变自己的唯一途径。当然，生活中也不必羡慕他人，摆正自己的位置，只要努力，同样能创造不凡的成绩。

狮子、羚羊和狐狸

狮子沿着荒凉的山坡紧紧追逐一只羚羊，近了近了，眼看快要追上了。一顿美餐即将到手，它直盯着羚羊的眼睛露出贪婪的凶光。

羚羊逃无可逃，因为就在它们的前方，横亘着一条幽深的峡谷。生死攸关之际，脚步轻捷的羚羊拼命一跃，似一只离弦的利箭，在峡谷的上方画下一条优美的弧线，落在了对面的石头岸上。

狮子急忙收住了脚步，望着对面的羚羊，有些沮丧。恰巧有个朋友在此溜达，它的名字叫作狐狸。

看到眼前的一幕，狐狸鼓励说："我亲爱的朋友，你是兽中之王，以你的迅猛和力量，绝不会输给弱小的羚羊。只要你高兴，你随时可以创造出惊天动地的奇迹，就算是峡谷再宽一些，你也能一跃而过。只要你想吃掉那只羚羊，它就无路可逃。你知道，我喜欢实话实说，请相信我的良心和友谊，要是我不知道你的敏捷和力量，我绝不会拿你的生命去冒险。"

狐狸的一番话，说得狮子心潮澎湃、热血沸腾。于是，它奔跑起来，使出浑身的力量，猛地四肢腾空向对岸跃去。可惜，它没有成功，一头栽了下去，摔得粉身碎骨。

此时，狮子的朋友狐狸一声不响地爬下山坡。从此，不必再对狮王逢迎谄媚、敬畏有加。在峡谷的底部，这个渺无人烟的地方，狐狸用肚子为狮子送葬。不到一个月，狐狸就把它的伙伴吃了个精光。

阅读启示

狐狸花言巧语，怂恿狮子冒险跳跃峡谷，追赶羚羊，结果狮子命丧谷底。在日常的生活中，我们要提防像狐狸这样的人，看似夸奖，实则居心叵测。同时，我们要知道自己几斤几两，不要像狮子那样，被别人怂恿，就昏了头脑，冒险去做力不能及的事情，结果吃亏的是自己。

勤劳的熊

　　有一个农夫擅长做车轭。他先砍伐木材，然后使木头弯曲成弓状，经过多次耐心、细致工作，一个车轭便完成了。农夫不停地做车轭，出售后赚了很多钱。附近的一只熊看到这一切，羡慕不已，也想干这门营生。

　　熊也像农夫一样，先动手砍伐树木，噼噼啪啪的一阵乱响，一里之外都听得见喀喀声。榛树、榆树、白桦树、胡桃树……被熊砍倒的树一大片，可是车轭却一个也没有做成。

　　于是，熊就去请教农夫，到底什么地方不对头。

　　"你瞧，我的邻居，"熊说道，"这究竟是什么原因呢？我砍下了这么多的树木，可是连一个车轭也没有做成。请你告诉我，干这活的秘诀是什么？"

　　农夫答道："亲爱的邻居，你之所以没能成功，是因为你身上缺少一样东西——耐心。"

阅读启示

　　寓言中，熊对做车轭有热情、有行动，终因缺少耐心而失败。生活中也是一样，很多时候，我们为了某项事业，热情高涨，不久之后，便淡下来。只有保持耐心，持之以恒，才能有成功的一天。

穷汉发财

"如果一个人一辈子只知道挣钱，舍不得吃，舍不得喝，即便是当一个富翁，又有什么意趣呢？人死了也不能把钱财带进坟墓，如此折磨自己，还落个吝啬的丑名。要是我发了财，看我如何一掷千金，过着豪华奢侈的生活。我要大摆筵宴，让普天下的人们都记住我的名字。我还要对穷苦的人布施行善。吝啬鬼的生活，一定跟地狱一样地难受。"一个穷汉躺在低矮破旧的草屋里，想着心事，嘴巴里不停地絮絮叨叨。

突然，从窗缝里钻进个小东西，有人说是魔法师，有的说是妖怪，妖怪的说法大概可靠些，接下去便会弄得比较明白了。

妖怪开口对穷汉说："我已经听清楚，你为什么要当富翁。你能为朋友效劳让我感到高兴。我替你搞来了一个钱袋，这袋里装有一块金币，不过，当你把这一块拿出来，钱袋中就会生出另一块。我的朋友，现在你可以变得非常富有，想有多少金币就能有多少，完全随你心愿，直到你心满意足。不过，有一点你得牢记：在你把钱袋扔进河里之前，你不能使用任何一枚金币。"

妖怪说完，倏忽之间便不见了。一只钱袋静静地躺在穷汉的面前，他简直不敢相信，仿佛在梦中一般。当他把钱袋攥在手里，掏出黄灿灿的金币时，穷汉喜极而泣，简直有点疯疯癫癫。他摸了摸，钱袋里果然又出现了一枚金币。

"但愿这份幸运能持续到明天黎明，"穷汉想道，"这样，我一刻不停地掏取金币，明天天亮的时候，我将有成堆的金币，我就是一个富翁，将能过着多么奢华的生活！"

第二天早晨，穷汉又修正了他的计划。"不错，"他说，"我现在确实是个富翁了，可是谁不愿自己的钱财越多越好呢？为什么不让我的财富再多一倍呢？不能偷懒！我得把钱袋再保留一天。我已经拥有豪宅，马车、别墅，不过我还可以搞点钱购置产业呀，错过这样好的机会，岂不是蠢货、傻蛋？不，我不能放弃这神奇的钱袋！没有办法，我一定得再饿一天肚子，眼看着好日子马上将要到来，享受生活以后有的是时间。"

一天过去了，一个星期、一个月、一年过去了。大堆大堆的金币，穷汉恐怕早已数不清了。他顾不上喝水、吃饭，一刻不停地从钱袋里掏金币。夜晚来临，他舍不得睡觉，心里盘算着，总觉着还缺少点什么。想到要把钱袋扔进河里，他就浑身发冷，好几次走到河边，又转身走回来，总是不能下决心把钱袋扔掉。

"金币像河水一样流个不断，"他说，"钱袋是我发财的源泉，我哪里能把钱袋白白扔掉啊？”

后来，穷汉因为贪心，骨瘦如柴，两鬓斑白，脸色蜡黄，未老先衰。现在，他再也不提奢华的生活，享乐的日子。他失去了健康，还有平和安宁的心态。尽管如此，他仍然不由自主地用他颤抖的手掏着金币。掏啊掏，掏啊掏，永远不知道掏完的时候。金币堆满床，可怜的穷汉守着金币咽了气，而他掏出来的金币已达九百万之多。

阅读启示

　　"知足常乐"，是提醒人们凡事要懂得满足，才能感受到快乐。穷汉受贪欲的驱使，舍不得放手，结果一命呜呼。因此，在日常生活中，凡事不要贪婪，适可而止，否则，吃亏的是自己。

猫头鹰和驴子

　　一只瞎了眼的驴子出远门，在森林里迷了路。夜已深了，即便眼睛正常也难以走出密林，何况是瞎了眼的驴呢？它前进不能，后退不得，急得在树林中直转圈。

　　幸好，附近住着一只猫头鹰，看见窘迫中的驴子，主动为它指示方向。我们都知道，猫头鹰有一双奇妙的眼睛，能在黑夜中洞察秋毫。无论是起伏的丘陵，陡峭的悬崖，还是深渊般的山谷，猫头鹰都看得清清楚楚。黎明的时候，它领着驴子走出了森林，把驴子送上平坦宽阔的大路。

　　此时，驴子不忍心和猫头鹰向导分手，请求猫头鹰永远不要离开它，继续给他有力的帮助。一时间，瞎驴有了一个宏伟的计划，它想驮着猫头鹰周游世界！猫头鹰坐在驴背上，犹如出征的将军，驴子迈开稳健的脚步，它们出发了。

　　它们成功了吗？没有。

　　当太阳照亮东方天空的时候，猫头鹰的眼睛里一片迷雾，模模糊糊看不清道路。然而猫头鹰十分固执，武断地给驴子指点道路。

　　"注意啊！右边有个池塘！"其实右边道路平坦，左边倒是一个峡谷。"往左！再往左！向左再跨一步！"

　　扑通一声，驴子驮着猫头鹰跌进了深山峡谷。

　　瞎驴和猫头鹰联手周游世界，无可厚非。悲惨的结局始于猫头鹰的爱面子，瞎指挥。在平时的学习和生活中，应该实事求是，不可因为爱面子，盲目逞强，到头来自己吃亏。在与人合作时，应该根据自身的特点，发挥所长，不用其短。

农夫与马

农夫在田里播种燕麦，这情景被一匹小马看在眼里。

小马不满地批评说："为什么要把那么多的燕麦扔在田里？真是暴殄天物！据说人类远比我们马儿聪明能干，可今天这样的做法，该是多么糊涂可笑！农夫整天在田里耕耘，把田里的泥土翻了一个遍，接下来把许多燕麦乱撒在田里，就这样让它们白白地烂掉。要是把燕麦给我，或是给栗毛马，该是多么划算！再不然用它去喂母鸡，也可以说是物有所值。要不然呢，把燕麦封存起来，我也知道这是吝啬。可是把燕麦撒掉，真是个蠢人、傻瓜！"

秋天来了，燕麦丰收了。每天，农夫用播种下去的燕麦喂养小马。

毫无疑问，读者朋友，谁都不会赞成小马的评论。然而，从古到今，那些自以为是的狂妄之人哪一个不是如此？对于天意一无所知，却喜欢在那里指手画脚，妄加评论。

阅读启示

　　小马连农夫在做什么都没有弄清楚，就自以为是地大发议论。在学习和生活中，如果要评论人和事，就要全方位了解，这样才能心中有数。切忌一知半解，就大放厥词。

狼 和 猫

　　狼从森林里冲出来，为了保全性命，它不停地奔跑，猎人和大群猎犬在后面紧紧地追赶。

　　狼路过了一个村庄，想找点东西充饥，但恐惧使它加快脚步。它多么想溜进哪一家去躲藏，也好喘口气，歇歇脚。倒霉的是，家家户户的大门都紧紧地关着。此时，它看见一只猫蹲在院子的篱笆上，就低声下气地向猫央求道：

　　"亲爱的瓦西卡，我的好朋友，快请您告诉我，这里的农民数谁最善良？请他搭救我，让我躲避凶恶的猎人。你听，那可怕的号角声，汪汪的犬吠声，它们都是在追我呀！看来快要追过来了。"

　　"快去求求斯杰潘，再也没有比他更善良的人了，他肯定会帮你的忙。"

　　"好是好，可是我先前偷过他一只绵羊。"

　　"那么到杰米扬那儿去试试看吧。"

　　"恐怕杰米扬还在生我的气，我逮过他的一只山羊。"

　　"往村庄边跑！那里住着特拉菲姆。"

　　"到特拉菲姆那儿去？不！我可不敢去！自春天以来，他一直在逼我还他的小羊羔。"

　　"那真是糟了！且慢！你不妨到克里姆那儿碰碰运气。"

咕～

　　"唉！瓦西卡，你不知道，我咬死过他家的小牛犊。"

　　"这样看起来，我的朋友，你把村里所有的人家都得罪了，"瓦西卡望着颤抖的狼说，"在这儿你永远别想得到任何保护！我们的农民，头脑绝不会这样糊涂，去搭救那个曾经伤害了自己的家伙。种瓜得瓜，种豆得豆，你种下了恶果，那就等着自己遭殃吧。"

阅读启示

　　种瓜得瓜，种豆得豆。有着怎样的付出，就会有怎样的收获。在日常生活中，我们应该始终怀有一颗善良的心，多做一些有益于他人、国家和社会的事情，才能在未来收获友谊、安宁和幸福。

狐 狸

在一个天寒地冻的冬日凌晨，一只狐狸就着冰窟窿喝水，不知是一时疏忽，还是机缘巧合，狐狸的尾巴尖儿被打湿了，它立刻被冻结在冰上。

本来这也没有什么大问题，狐狸只要用力一拉，尾巴也就挣脱了，至多不过是掉落十几根毫毛而已。趁着大家还在睡觉，悄悄溜回家去也就结束了。

然而，狐狸看着自己那么柔软蓬松、金灿灿的一条丰腴尾巴，实在是舍不得毁损。心想还是等一会儿吧，反正人们现在还在熟睡。也许，过一会儿，太阳就出来了，冰开始融化，尾巴不就解放了？

狐狸等了又等，尾巴却越冻越牢。

眼看着东方大亮，村里的人们开始了一天的生活，已经可以清晰地听见他们的说话声。

这时候，可怜的狐狸急得团团乱转，又拉又拽竭力挣扎！没用，尾巴结结实实地冻在冰上。

幸运的是，一只狼从旁边跑过。

狐狸冲他大声地喊叫："老朋友！干爸爸！救救我！要不然，我真要完蛋啦！"

狼停下来，决定搭救狐狸脱险。它的办法直截了当，干脆利落地把狐狸的尾巴咬掉。

没有了尾巴的狐狸，快步跑回家去。它庆幸还能保全这张皮，已是不幸中的万幸。

　　假如狐狸不吝惜自己的几根毫毛，原本可以保住尾巴。在日常的学习和生活中，我们要懂得取舍。俗话说，两害相权取其轻。有时候，付出小的代价，可以避免大的损失，切忌因小失大。

杂色羊

  狮王厌恶杂色羊，到底是什么原因，没有人知道。既然如此，杀掉它们易如反掌。不过，在森林里，狮子被誉为兽中之王，无缘无故地杀戮子民，做法有失公允，这样传扬出去有损于它的声誉，也不利于对森林的统治。然而它看见杂色羊就忍无可忍，怎样才能既保全名誉又能除去这些讨厌的家伙呢？它把熊和狐狸招呼到身边，把自己的一腔心事告诉两位忠臣。

  "看见杂色羊，我的眼睛就刺痛，长此以往，估计我的眼睛一定会瞎掉。到底该怎样办呢？你们给我说一说。"

  "威武的大王，"熊粗声粗气地说，"依我看，事情十分简单，不用多废话，直接把杂色羊判处死刑，统统绞死不就可以了吗？谁也不会去怜惜它们的。"

  对这个建议，狮子大王皱了皱眉头。狐狸看在眼里，谦卑地发了言："我们仁慈的大王，您大概不想伤害可怜的生灵，不忍心看到它们无辜地流淌鲜血。我冒昧提一个计划：请您下令，给杂色羊划出一片特殊的草场，草地上长满了水草，母羊有丰盛肥美的草可吃，羊羔可以跳来跳去自由奔跑。因为我们这里的牧人短缺，您就命令狼去看守羊群。杂毛羊会因此感激您的大恩大德。我猜想它们将会自生自灭。不过，无论发生什么，与大王您了无干系。"

狐狸的建议被狮王采纳，计划实行得十分顺畅。随着日子一天天过去，杂色羊消失殆尽，连白色羊也少了很多。

对此，野兽们是如何评价的呢？狮王是仁至义尽，是那些狼在肆意残杀。

阅读启示

　　狮王不喜欢杂色羊，采纳狐狸的建议，借助于狼之手，达到了消灭杂色羊的目的。这是一个残酷而又狠毒的方法。在学习和生活中，我们要提高警惕，看清伪善者的恶毒用心，防止别人打着照顾的名义，实则在伤害自己。

狮子和老鼠

老鼠低声下气地来见狮子，恳请狮子准许它住在附近的一棵树洞里安家。老鼠恳求道：

"尊敬的狮王，在整个森林里，您赫赫有名，谁也无法与您的力量相比，您只要大吼一声，所有的野兽都胆战心惊。不过，说到将来会发生什么，谁也难以预料，说不定您也有需要求人的时候，虽然我的身体短小，也许日后我也可以为您效劳。"

"什么！你这个渺小的东西！"狮子听后厉声喝道，"满嘴的胡言乱语，就凭你这狂妄自大，就该把你的脑袋拧掉！滚开！赶紧滚开！不然，看我怎么把你给灭了。"

老鼠吓得昏头昏脑，在原地转了几圈，才抱着脑袋逃跑。

然而，狮王的骄傲自大，不久就得到了报应。

一天夜里，月黑风高，狮子出门找点吃的，一不小心，落入了猎人布下的罗网。它空有一身的力量无法施展，不管怎么咆哮、呻吟，怎么撕扯、挣扎，始终冲不破结实的网。猎人把它关进了笼子，运到外地摆出来展览，供人观赏。

此时，狮子才想起那个小老鼠，不该那么轻蔑地拒绝它的建议，可现在为时已晚。要是老鼠帮忙该有多好，它能很快地把罗网咬破一个洞。唉！我骄傲自大，就是自取灭亡！

亲爱的读者，我还要为寓言添上一句话："别往井里吐痰，你也有喝这井水的一天。"

阅读启示

俗话说，与人方便自己方便。老鼠请求狮子帮忙，狮子不屑一顾。等狮子落入罗网，才意识到若是有老鼠的帮助，自己也就不会失去自由。生活中也是一样，平时多行春风，他日才会有秋雨，也就是说，平时多帮助别人，日后需要帮助的时候，才能得到援手。

驴 子

洪荒时代，老天创造了世间万物，也就有了驴子。不知道为什么，驴子刚创造出来的时候，个头矮小，比松鼠大不了多少。这样大小，在芸芸众生中，驴子自然难以引人关注。然而，驴子又生来是高傲的动物，无时无刻不在渴望着万众瞩目，可是这么矮的小不点，让它觉得连出门都丢脸。于是，驴子每天不断向老天祷告，希望老天让他长得高大起来。

"老天啊，请您可怜可怜我吧！"驴子说，"您看看吧，森林里面的豹子、狮子、大象，都生得那样魁梧，野兽不论大小，都尊敬它们，歌颂它们。您为什么把我变得这么矮小呢？谁都不会注意我，不屑于提及我。这简直让我难以容忍啊！请您把我变得高大起来吧，如果您让我有牛犊一样高大，我就能让狮子不再骄傲，让豹子不再张狂，我将成为万物瞩目的中心，全世界都会为我高唱赞歌。"

每天，驴子都这样不停地祈祷。老天想："唉！就随其所愿吧，这样，也好让它从自己的美梦中醒来。"

于是，驴子变成了动物中的庞然大物，还生就一副怪声怪气的嗓子，变成了一头支棱着两只长耳朵的大力士，早先的可爱荡然无存。

大力士的出现，果然吸引了众多野兽的关注。"天哪，那是什么怪兽？属于什么族类？肯定有锋利的牙齿，可怕的犄角……"

不到一年，大家都把驴子看透了。这个长耳朵的大力士，除了替人们搬运重物，空洞地叫几声之外，再也不会什么了。驴子以愚蠢而闻名。后来，驴子成了愚蠢的代名词。

身材高大，显然是好事儿。然而，如果一个高大身材里面藏着一个卑劣的灵魂，即便身材再高大，也无法得到大家的尊敬。

阅读启示

四肢发达，头脑简单，让人鄙视。健壮外表，固然令人欣赏，但如果没有智慧和高尚灵魂与之相伴，也只能昙花一现，得不到大家的尊重和爱戴。

梭鱼和猫儿

　　一条牙齿锋利的梭鱼，突然异想天开，想要做一只猫，可以到处抓老鼠。

　　不知是鬼使神差，还是吃鱼吃腻了，有一天，梭鱼突然向猫提出请求，希望下次猫去仓库打猎的时候，带上它一同去。它很想亲自抓上几只老鼠。

"我看，还是算了吧，亲爱的，这个行当的专业性很强，你可懂得？"猫友善地说，"小伙子，我劝你还是别去出丑，俗话说得好，'天下无难事，只怕内行人'。"

"得了吧，朋友，老鼠有什么了不起的，我连鲈鱼都能经常抓住，更别说对付老鼠了。"

"既然如此，那就走吧，祝你一切顺利！"

它们一道去粮库，各自找了个地方隐蔽起来。猫抓住了老鼠，玩够了吃饱了，才想起来该去看看朋友。

梭鱼直挺挺地躺在地上，大张着嘴巴，脸色苍白，尾巴也被老鼠咬去，眼看着快要断气。

猫认为朋友胜任不了这项工作，于是，就把半死不活的梭鱼，像拖僵尸一样拖回到池塘。

"梭鱼朋友，牢记血的教训！"猫继续说，"从此以后你要学聪明点，抓老鼠的事还是让我来吧。"

如果让鞋匠做糕饼，让糕饼师傅去修鞋，那就别指望有什么好结果。千真万确，一个外行干起事情来，比别人更固执、更荒唐：他宁可把整个事情弄糟，成为世人的笑柄，也不愿虚心地向懂行的专家请教，或者听取内行人的忠告。

阅读启示

猫抓老鼠是专业，干起来得心应手。梭鱼抓老鼠是外行，但却十分自负，结果差点丧命。在生活和工作中，我们要弄清楚自己所长，做起事来才能驾轻就熟，左右逢源，并能有所建树；倘若像梭鱼那样，异想天开，还不愿意向内行专家请教，结果只能弄糟事情，成为笑柄。

狐狸和葡萄

一只饥肠辘辘的狐狸翻过墙头，闯进一家果园。果园里，一大串一大串的葡萄，饱满多汁，水灵灵、亮晶晶，散发出成熟的香味。狐狸早已垂涎三尺，眼睛都在发光。

可惜，葡萄都挂得高高的，无论怎样，狐狸瞅得见，却够不着。它费尽心机，在果园里折腾了一个钟头，也没能摸到一颗葡萄，只能悻悻地走开了。它愤愤地说："算了吧！这葡萄看上去挺好，肯定是酸的，实际上果实都还没有成熟呢，吃了一定会把我的大牙酸倒！"

阅读启示

俗话说："吃不到葡萄，说葡萄酸。"得不到的东西，就认为它一定不好，这是一种自欺欺人似的自我安慰，不免可笑。面对失败，敢于承认是勇气，善于总结经验教训是智慧，有智慧有勇气才能不断提升自己。

兽类的瘟疫

瘟疫，上天最严厉的惩罚，自然界最恐怖的疾病。有一次瘟疫在森林中肆虐，地狱之门敞开了，野兽们为之胆战心惊。死神在原野、沟壑和高山上奔驰，像割草一样地撂倒无数的牺牲品。那些还活着的也只是在苟延残喘，濒临死亡，脚步沉重，气息奄奄。

野兽还是野兽，大难来临的恐惧，改变了它们往常的性情。狼不再欺负羊，温顺得像和尚一样；狐狸不来伤害鸡，躲在洞穴里没有心情大吃大嚼；鸽子和它的伴侣分居，爱情已经不复存在，没有了爱情，心灵怎么能快乐得起来呢？

危急时刻，狮子大王召集众野兽开会，研究如何渡过难关的对策。野兽们失魂落魄地蹒跚而来，围着众兽之王，一个个意志消沉，张开失神的眼睛，竖起耳朵，一言不发，听狮子讲话。

"哎，我的朋友们，"狮王开口道，"我们造下了不可饶恕的罪孽，才有了现在上天的大发雷霆。我们中间谁罪大恶极，谁就应该主动站出来献身，作为祭祀天神的贡品。也许，我们虔诚的信仰可以使天神感到满意，可以平息一下天神的震怒。我的朋友们，你们大家谁不知道，古往今来，自我献身的英雄有过多少？所以，大家要平心静气，在这儿高声坦白自己的罪孽，不论是什么时候犯了什么罪过，不管是有意的还是无意的，都请大家坦白出来吧，忏悔吧！"

"首先我承认，我也是有罪的，提到这些事让我无比痛心。可怜的小羊羔，它们从来没有伤害过我，它们有什么罪？可是我作孽地把它们吃掉。有一次，我把牧羊人也当成食物吃掉。可是，我们谁没有犯过错呢？所以我很愿意献身作为祭品。不过，大家最好还是反省一下自己，摆一摆自己的罪孽，然后看一看谁的罪恶大，就把谁当作祭品，毫无疑问，这样做可以使天神更加称心满意。"

"啊，大王，我们仁慈的大王，"狐狸说，"由于心地善良，您才把这当作罪过。要是我们都按良心办事，岂不统统都要饿死？再说了，尊敬的大王，您肯赏光吃掉羊羔，对于羊羔来说那是无上的光荣。至于牧羊人，我们全体兽类向您请求：应该给他们一点教训，一方面让他们长点记性，另一方面也是他们咎由自取。没有尾巴的人类狂妄自大，还自以为他们天生就是来统治我们的呢！"

狡猾的狐狸话还没有说完，阿谀拍马的家伙就附和着狐狸论调，争先恐后地出来证明：狮子的生活没有过错，无须赎罪。接着熊、老虎、狼挨个儿地当众承认它们犯过一点小错误，但关于它们为非作歹的事，谁也不敢提一句。所有利爪锐齿的猛兽都逃过了审判，它们不但处处是理直气壮的，而且几乎一个个都成了圣贤。

轮到驯良的犍牛时，它哞哞地说道："我们也忏悔自己的罪过吧。五年前的一个冬天，我们遭遇了草料奇缺的荒年，魔鬼拼命怂恿我去犯罪：在饿了几乎一整天后，我就在牧师的干草堆上扯下了一小束干草。"

一听到这些话，猛兽们就开始咆哮和吆喝。熊、老虎和狼，都大声嚷道：

"瞧，这才是个大坏蛋！"它们说，"偷吃人家的干草，怪不得上天要来惩罚我们，就因为它犯下如此罪行啊！这个脑袋上长角的家伙为非作歹，因为它的罪孽，让我们遭受了如此恐怖的瘟疫。为了赎清它的罪孽，我们应该把它献给天神，以便拯救我们的生命，也同时整饬我们的坏风气。"

接着大家做出判决，把犍牛拉出去烧死，献祭天神。

世人常常这样说：谁老实驯良，谁就有罪过。

阅读启示

　　以狮子为代表的兽类，凭借尖牙利爪，把滔天罪行说成是小错误；而驯良的犍牛坦诚忏悔，把不得已犯下的小过错说出来，却成了强者的把柄，直至把它烧死。在一个强权的世界里，强者才有话语权，他们把自己的错误大事化小，却抓住弱者的一丁点小毛病，大肆宣扬。对此，我们要练就一双慧眼，识破他们的伎俩，勇于斗争，善于斗争。

鹰和蜜蜂

一只蜜蜂正在花丛之中不停地忙碌着。一只老鹰看见了，不屑地对蜜蜂说：

"你呀，没有片刻的休息，忙忙碌碌地叫人可怜；采得百花酿成蜜，为谁辛苦为谁甜？真让人为你们的能力感到惋惜。你们成千上万，整个夏天都在忙着建造蜂房，可是又有谁来欣赏呢？谁又来肯定你们的勤劳和智慧呢？有时候，我真是觉得奇怪，你们狂热地劳动，辛辛苦苦一辈子，无怨无悔，你有没有想过，这样日复一日地劳作有意义吗？……有一天，你们也会和大家一样无声无息地死去。

"我和你们就不一样了，真可谓是天壤之别！当我展开宽大而有力的翅膀，奋力一飞，直冲云霄，在白云下自由翱翔的时候，我的威力随处可见：所有的飞禽躲在窝里再也不敢起飞；牧羊人警惕地守卫着他的羊群，眼睛一眨也不敢眨；矫捷的扁角鹿不敢在田野里撒野。"

"光荣和赞美永远属于你！"蜜蜂说，"愿老天继续把福报赏赐给你！至于我，生来只知道为了公众的利益勤勤恳恳地工作，我不求我有多少功劳，也不求谁来肯定我的价值，当我看到蜂巢中的蜂蜜，哪怕有一滴是我酿造的，我就感到无比欣慰了。"

一个成了名的人是幸福的，因为全世界的人都见证了他的成绩，单是这一点，就使他有了影响力。还有一种安于平凡的人，他们默默无闻地辛勤劳动，不贪求权势，不追逐名利，一辈子只有一个信念，为公众利益奋斗终身。也许，这样的人更值得尊敬。

阅读启示

老鹰想通过自己的存在，影响这个世界，是一个所谓的名人。蜜蜂，只知道默默地工作，不求名，不求利，希望通过自己的劳动，创造价值。特别是甘愿为公众利益服务的奉献精神，值得钦佩。对于老鹰这样的人，过于功利，狭隘而又自私；而蜜蜂只问耕耘，不问收获，才是我们社会中应该尊崇的精神。

富农和雇工

太阳落山了，一个上了年纪的富农和他的雇工割完了草，正穿过树林回村，边走边聊。突然，迎面碰到了一只熊。富农还没来得及呼救，就被熊扑倒在地。熊把他紧紧地按住，翻过来转过去，想挑个合适的地方下口。富农的命危在旦夕。

"斯捷潘，斯捷潘，救命啊！救命啊！"富农清醒过来，从熊的魔爪下传来急切的呼救。

我们的海格立斯（希腊神话中的大力士）斯捷潘，用足全身力气，抢起斧子，劈掉了熊的半个脑袋，又用铁叉刺穿了熊的肚子。熊惨叫一声，栽倒在地上，立刻毙了命。

一场灾难顷刻过去。富农从地上爬起来，看着倒在地上的熊，忍不住骂起救命恩人来。

"天哪！你为什么那么生气呢？"

"简直是蠢材、傻蛋！别再那样傻笑了，看看吧，你乱劈乱刺，好好的一张熊皮，让你给毁了！"

可怜的斯捷潘呆呆地站在那里，不知从何说起。

大祸临头，对救助的人总是万分感激；一旦祸患过去，对救助的人总是极力苛求，百般责难。如果证明不了他有错，那才是怪事！

斯捷潘在危难之中杀死了熊，救了富农一命，却不曾想到因为毁损了熊皮受到责难。试想，要是斯捷潘救人前，想着如何保存一张完整熊皮，富农岂不早已一命呜呼？生活中也有像富农这样的人，看不清问题的本质，为了鸡毛蒜皮的小事，斤斤计较。到头来往往会因小失大，得不偿失。

货车队

装着瓦盆瓦罐的货车排成一行，慢慢地移动。货车队准备下山，山路又陡又险，车主人让其余的货车留在山上等候，自己赶着第一辆车小心翼翼地先走。

驯良的老马几乎是用它的骶骨托住全车的分量，阻止车轮的迅速滚动。

在山上等待的一匹马驹，没有下坡的经验，嫌老马走得太慢，老马每走一步，它就骂骂咧咧地数落一番。

"嘿，还算是一匹人人夸赞的骏马呢！真是的，慢慢吞吞地爬着，简直就像螃蟹！你瞧，它险些碰上了石头！天哪，歪啦！偏啦！步子该迈大一点，胆子实在太小了！瞧啊，又在摇摇晃晃了！往左走点不就行了，真是个蠢材！要是上坡，或是走夜路，倒也情有可原；现在可是下山呀，又是在大白天的，瞧着这种景象，真要把我气疯了！要是本领有限，还不如驮水去呢！你瞧好吧，看我们怎么飞奔下山！放心吧，我们绝不会耽搁一分钟。下坡的车子不用拉，用不着拖拖沓沓，管保车子飞驰直下！"

于是，马驹躬起背脊，挺起胸膛，拉起车子就走。

不料，开始下坡，车子的重量前压，车子速度快起来，从后面压迫着马驹，它的脚步不稳，开始左右摇晃；车子不断碰撞马驹，为了躲避磕碰，它放开脚步，索性奔跑起来，顾不上路上的岩石还是沟坎，都是一冲而过。向左，向左，轰隆一声，连马带车一起翻倒在山沟里！主人一车盆盆罐罐全都摔了个稀巴烂！

阅读启示

　　世界上总有一些马驹似的人，老觉着别人做事一无是处，这也不是，那也不行；待到自己动手，错误百出，结果比别人更糟糕。在学习和生活中，我们切忌眼高手低，应该尊重别人的劳动，并善于向别人学习，以此来指导自己实践，才能在未来少犯或者是不犯错误。

小乌鸦

一只老鹰在空中盘旋，突然，向羊群俯冲下来，掠过地面，瞬间掳走了一只羊羔。一只初出茅庐的小乌鸦，看到了这惊险的一幕，兴奋不已，跃跃欲试。

小乌鸦想："要抓就该抓肥大的羊，要不然，岂不白白弄脏了你的爪子？看起来，有些老鹰算不上强大和勇敢，难道羊群里只有小羊羔吗？要是我的话，不抢也罢，抢就抢一只最大的肥羊。"

于是，小乌鸦飞到羊群的上空，贪婪地扫描着正在吃草的羊群，视线越过小羊，仔细地打量每一只母羊和公羊。经过比较，最后它选中了一只公羊。这只公羊膘肥体壮，要想拉走它，怕是一只强健的狼也要颇费周折。小乌鸦选中了目标，向猎物扑去，用尽全身的力气，拼命抓住公羊的羊毛。直到这时候它才明白，它的确对这只公羊无可奈何。而更为糟糕的是，这只公羊长了一身又浓密又蓬松的毛，而且这些毛杂乱地纠缠在一起。这只胆大却力弱的小乌鸦脚爪被羊毛缠住，不管怎么挣扎，始终摆脱不了束缚。小乌鸦只能认输，成了牧羊人的俘虏，异想天开的冒险就这样结束了。

牧羊人把小乌鸦的爪子挣脱出来，为了防止它跑掉，剪掉了它两只翅膀上的长羽毛。最后，小乌鸦被当作礼物送给孩子，成了孩子的玩物。

　　老鹰捕捉小羊羔，让小乌鸦惊叹不已。于是，小乌鸦模仿老鹰去抓大公羊，结果失败被抓，成为孩子的玩物。在学习和生活中，我们也常见有人亦步亦趋模仿别人，却没有弄清楚要学的实质，结果是一无是处。其实，成功不可复制，学习别人的精神实质，加上自己的特色，才有成功的可能。

八哥

一只八哥从小就苦练金翅雀唱歌，仿佛它生来就是一只金翅雀。它的学舌让林中的鸟儿感到愉悦，赢得了一片赞誉声。要是别的鸟儿听了这些称赞的话，都会感到满足。不幸的是，八哥的嫉妒心很重，当它听到人们夸赞夜莺的歌唱得好听，就忍不住想："请稍等，我的朋友，学夜莺唱歌，对我来说不难，我能把歌唱得和它一样好听。"

于是，八哥真的唱了起来，只是唱出的调子实在让人惊诧，一会儿嗓门尖细地叫，一会儿喉咙嘶哑地号，一会儿像羊羔似的咩咩，一会儿猫一般的喵呜喵呜。八哥的歌声把周围的鸟儿吓得不轻，它们呼呼啦啦纷纷地飞跑了。

我亲爱的小八哥，你何必这样争强好胜呢？与其学不像夜莺，倒不如像金翅雀一样唱歌更妙。

各人有各人的专长，可是有些人老爱眼红别人的成功，总想在不适合他的工作上一显身手。我的忠告就是：如果你盼望成功，那就去做适合自己的工作。

阅读启示

八哥的故事告诉我们，干自己的专长，才会得到他人的认可。若是妒忌别人的成就，异想天开地去碰运气，只能像八哥学夜莺唱歌那样糟糕。

特利施卡的外套

特利施卡发现外套一只袖子的肘部破了洞。这有什么惊慌的？他有的是办法。于是，他拿出针线和剪刀，把袖管截下四分之一，在肘部打了个补丁。外套收拾好了，只是一只手臂露出了四分之一。得了，得了，不就是短点儿吗，又有何妨呢？

可是，每一个看见特利施卡的人都忍不住发笑。"嘿，我又不是傻瓜，"特利施卡说道，"我有补救办法，我会把袖子缝得比原来还要长。"

啊，小伙子特利施卡真是不简单，为了接续袖子，竟然截下了外套的下摆。虽然外套短短的看上去有点古怪，可是特利施卡的心里却得意扬扬。

有时候，一些人刚开始就把事情弄糟，他们也是像这样补救的，你瞧，他们正穿着特利施卡的外套。

　　特利施卡补救外套，可谓是"医得眼前疮，剜却心头肉"，未能从根本上解决问题。在学习和生活中，我们面对困难，不要为了解决老问题却又生出新问题。要有长远的眼光，整体思维，才不会穿上特利施卡的外套。

农夫和死神

一个寒冷的冬日，年迈的农夫背着一大捆柴，贫困和体力劳动折磨下的瘦弱身体，简直不堪重负。重压之下的他，不停地喘着气，一步一步地朝自己的茅屋走去。

农夫走了一段路后，疲惫不堪。他放下背上的柴，坐在上面，看着茫茫原野，忍不住叹了口气，心里翻腾起来：

"老天啊，我真是个命苦的人！我长年累月地拼命干活，怎么就穷得家徒四壁呢？连温饱都解决不了，还要养活老婆孩子，拿什么去交纳人头税、租金？还要去服劳役……什么时候能让我过上真正幸福的日子呢？哪怕是一天也好。"

农夫诅咒自己的命运，唉声叹气，苦闷之极，甚至召唤起死神来。死神并非远在天边，他就在农夫的背后，瞬间便站在他的跟前。死神问道：

"老头儿，是你在叫我吗？有什么事情？"

看到死神狰狞的面孔、恐怖的神情、凶神恶煞的样子，农夫吓得几乎说不出话来，磕磕巴巴地说："我，我想请你帮一个忙，把这捆柴放到我的背上。"

阅读启示

　　寓言中，农夫被贫困所折磨，看不到前途，心中苦闷，于是有了轻生的念头，但看到死神，他更加恐惧，机智地逃开了。在人的一生中，会遭遇这样或者那样的困难、挫折，让人苦闷失意，但我们不能因此就失去了生的希望。试想，既然人生已经在谷底，不管怎么走，不都是在上升吗？

风筝

一只风筝越飞越高，已经可以和白云牵手了。它从云端往下望，看见了不远处山谷中的一只蝴蝶。

"喂，蝴蝶，你相信吗？"风筝喊道，"我太高了，几乎快要看不见你了。你看见我在天上飞，心里一定很嫉妒吧。"

蝴蝶回答说："什么？嫉妒？你不必这么炫耀，说实话，我一点也不羡慕。尽管你飞得很高，但你是被人家用线牵着的呀！说起来，亲爱的朋友，像你这样的生活，远够不上幸福。我飞得不高，我承认，不过，我想飞到哪儿就飞到哪儿，完全由自己说了算。我无须做个傀儡，任凭别人主张。"

阅读启示

风筝虽然飞得高，可总是被别人控制；蝴蝶尽管飞得不高，却能自由飞翔。自己有本领，像蝴蝶一样，才有自由的生活；千万莫学风筝，总让人牵引，飞得再高，也难言幸福。

乌云

　　一大片乌云掠过骄阳折磨着的土地，没有落下一滴雨水来滋润干渴的田野、山岗，却把大雨倾泻在波涛汹涌的海上了。并且，它还大言不惭地对山岭吹嘘自己的慷慨。

　　山岭对乌云说："依我看来，你的慷慨一点用处也没有，只能让我痛心疾首。要是你把甘霖降落在田野里，可以使庄稼丰收，你的慷慨就能让这片地方免于饥荒。可是，我的朋友，即使没有你的慷慨，大海同样波涛汹涌。"

阅读启示

　　乌云不去滋润干涸的大地，却把雨水降落在海上，还夸耀自己的慷慨。生活中，不乏乌云这样的趋炎附势者，他们习惯于锦上添花，而不屑于雪中送炭。其实，我们应该帮助那些最需要帮助的人们，爱心才是最有价值的。

诽谤者和毒蛇

人们常常批评魔鬼不讲公道，其实有失公允。我可以举例证明，真理在哪里魔鬼知道得很清楚。

有一次，地狱里举行一个盛大而又隆重的仪式，诽谤者和毒蛇也应邀参加了典礼。不过，在孰先孰后的排名中，两者互不相让，发生了激烈争吵。

到底谁应该排在前面？众所周知，在地狱王国里，当然是看谁给他人制造的祸患最多。在长长的激烈争吵中，为了说服对手，诽谤者向毒蛇伸出舌头。不甘示弱的毒蛇也向诽谤者夸耀自己有毒的芯子，发出咝咝声，显示它绝不委屈自己，竭尽全力挤到前面。

眼看诽谤者就要落后，地狱中的魔鬼再也忍耐不住，亲自干涉这场纠纷，命令毒蛇排在后面。

"虽然我承认你的功劳，"魔鬼说，"但我觉得他比你更有优先权。确实，你是狠毒的，你的毒芯子可以夺取人性命，而且谁要靠你太近，你的进攻就弹无虚发；即便没有什么恶意，你也决不轻饶。仅此一点就非同小可！可是，诽谤者恶毒的舌头能在很远的地方把目标中伤，你可曾见过？而且诽谤者的中伤，能跨越高山大海，没有什么可以阻挡。所以，他比你制造的凶险要大得多，排到后面去吧，而且今后要更加谦虚一点！"

从此，在地狱里，诽谤者名列毒蛇之前，更加受到礼遇。

　　魔鬼的一番言论证明，诽谤者比毒蛇还要凶险。因此，在学习和生活中，我们应该提高自己的修养，端正自己的人品，不要做比毒蛇还要毒的诽谤者。谣言止于智者，不要去做诽谤的传播者，成为其帮凶。

卵石和钻石

一颗失落的钻石静静地躺在地上，碰巧被一个商人发现了。商人把钻石敬献给国王，国王买了下来，让人镶上金边，装饰在他的皇冠上。

消息传到卵石那里，卵石兴奋不已，也羡慕起钻石的平步青云。于是，它也想碰碰运气，看见一个过路的农夫，就向他央求说：

"你好，老乡！请把我带到京城去，我为什么要整天生活在泥泞和痛苦之中？听说，我们的钻石早已名扬天下，我实在弄不明白它何以能够享受富贵荣华。不知多少个春秋与冬夏，它跟我一起躺在这里，也不过是石头一块，我们是一对难兄难弟。你一定要把我带去，到了那里，说不定我也能弄个好差使。"

农夫把卵石放在他沉重的车上，一起出发进了京城。到了城里，卵石以为很快就可以在皇冠上和钻石兄弟见面。

但是，结局却是另一番情形，卵石的确派上了用场，只是被铺在了马路上。

钻石因为自身的价值成为皇冠的饰物；卵石没有眼光，既看不出钻石的价值，也不了解自身，结果只能铺路。我们常说"是金子总会发光的"，钻石虽然和卵石为伍，但最终被发现和重用；卵石，缺少内在品质，即便进了城，也只能成为铺路的材料。所以，一个人只要有能力，迟早都有被发现的一天；如果没有能力，即便有机会，你也抓不住。

青蛙和黄牛

　　一头黄牛正在悠闲地吃草，健壮的身体、滚圆的肚子十分惹眼。一只青蛙看见了，心生嫉妒，于是气呼呼地鼓起肚皮，非要和黄牛比一比谁高谁胖。

　　"喂，亲爱的蛤蟆，告诉我，我跟黄牛是不是一样高大？"

　　蛤蟆回答说："不，亲爱的，差得远呢！"

　　"再瞧瞧，现在我的肚皮胀得又大又圆，怎么样？是不是显得更高大了些？"

　　"我看……我看好像没有多少变化。"

“那么，现在呢？”

“跟黄牛相比还是不像。”

青蛙呼哧呼哧地喘气，喘气，“啪”的一声，胀破了肚皮，这个异想天开的家伙一命呜呼，再也没法和黄牛比拼。

世间不乏此类事情：市侩幻想四海扬名，庸人希望拥有显赫的权力，不足为奇。

阅读启示

　　青蛙因为嫉妒，不自量力，竟然和黄牛比拼谁更高大，结果白白送命。一个人要有自知之明，做力所能及之事，不可意气用事；了解对手，方能心中有数。

贪心人和母鸡

从前有一个人，他什么事情都不会做，既不会任何手艺买卖，也不会捕猎打鱼，但他的钱柜里却装满了金钱！

原来，他家里养了一只母鸡，每天，母鸡都会下蛋，这只鸡蛋可不是普普通通的蛋，而是金蛋。真是让人羡慕啊！

要是换了别人，一定会心满意足，因为这样他会一天天变得富有。可是，这位贪心人却嫌不够。有一天，他脑子里突然冒出一个奇怪的念头：如果把母鸡杀了，就能把宝物从鸡肚子里拿出来。因此，他完全忘掉了母鸡给他带来的富裕生活，也不顾忘恩负义的骂名，狠心地把母鸡宰了。结果呢？他发现鸡肚子里除了内脏，一无所有！

阅读启示

贪心人不满足于眼下的利益，妄想杀鸡得到宝物，结果事与愿违，一无所有。生活中也常有这样的贪心人，想把什么都弄到手，结果什么都失去了。

驴子和种菜人

一个夏天，种菜人雇了一只驴子，来看管他的菜园，为的是不受乌鸦、麻雀之类的鸟儿破坏。驴子忠实可靠，不偷不盗，也不贪吃，哪怕是主人的一片菜叶也绝不碰一下。

驴子恪尽职守，谁也不会说驴子放过了或是放松了鸟儿，然而菜园子的收益实在少得可怜。为了驱赶鸟儿，驴子在菜园里扬起四蹄，横冲直撞，不断地奔来奔去，把各种蔬菜踩得七零八落，惨不忍睹。

种菜人发觉他的蔬菜都被糟蹋了，整个夏天的辛苦付之东流，心中愤怒不已。他拣起一根树枝，把驴子狠狠地抽了一顿。

"打得好，"大家都说，"这个愚蠢的家伙应该受到惩罚，就凭它的那点聪明，就不应该兜揽这种事情。"

我绝对不想为驴子辩护，驴子已经受到了惩罚，罪有应得。不过，那个种菜人也应该受到责备，为什么要找驴子看守菜园？

阅读启示

菜园被糟蹋，没多少收益，驴子负有直接责任；但是，种菜人也难辞用人不当的错误。生活中，问题的出现，当事人固然有问题，应该受到惩罚，而其他相关责任人，也有连带的责任。任何问题，都不应该孤立地去看，而应该全面综合地去分析。

矢车菊

荒野里，一株盛开的矢车菊忽然凋谢了，半数以上的花朵发黄，甚至枯萎了。头颅低垂下去几乎要碰到根茎，精神萎靡，痛苦地等待着死亡的到来。

这时候，矢车菊向西风倾诉着悲伤："唉，要是明天太阳早早升起，温暖的阳光洒满原野，也许，我能够重获新生，阳光能给我生命和力量。"

附近，一只正在挖洞的甲虫说："喂，你真是个头脑简单的家伙，别做梦了吧。太阳怎么会只看你怎样生长？看你在枯萎还是在开花？相信我吧，太阳可没有那个闲工夫，对你的事情也不会有兴趣。如果你能像我一样飞起来，你就会对这个世界有所了解，你就可以看到草地、田野、庄稼、树木……总之，万物生长靠太阳！太阳的光辉，让高大的橡树枝繁叶茂，让笔直的雪松高耸入云，让美丽的花朵色彩艳丽，馥郁芬芳。不过，与你的花朵相比起来，它们看上去更加华美高贵，典雅馨香。你呢，既没有光艳外表，也没有沁人心脾的芳香。我看还是算了吧，别再用你可怜的怨言纠缠着太阳了！我敢肯定，太阳的光辉绝不会有一丝一毫照到你的身上。快不要痴心妄想了，你就静静地开花，默默地凋谢，悄悄地死亡吧！"

然而，太阳升起来了，大自然又焕发出勃勃生机，阳光洒遍万物生长的大地，而我们的矢车菊，在黑夜里憔悴了的矢车菊，也在太阳的照耀下复活了。

啊，那些身居高位的权贵们，你们是命运的宠儿，应该以太阳为榜样！阳光下，无论是雪松还是小草，都能快乐地成长，幸福地生活。太阳的光辉，像东方宝石般纯洁的光芒，普照大地，滋润万物，因而受到万物的颂扬。

阅读启示

太阳普照大地，滋润万物，不会因为你的身份卑贱，地位低下，就剥夺了你被照耀的权力，就像矢车菊一样，虽然没有华丽的外表，没有馥郁的香气，同样受到太阳的眷顾，起死回生。所以，当你能够帮助别人，千万不要厚此薄彼，应该一视同仁，如同太阳的光辉。

池塘和河流

　　池塘向它附近的河流问道："亲爱的姐姐，无论我什么时候看你，你总是流淌个不停，难道你不感觉到累吗？而且我几乎天天看到，你不是背负着沉重的大船，就是载着长长的木排，小船小舟更不用说了，来来往往，不计其数。你什么时候才能抛弃这样繁重、烦乱的生活呢？换了我啊，可真要把我愁苦死了。

　　"和你比起来，我的生活要安逸得多了。当然，我承认我并不出名，无法向你那样蜿蜒流淌过整幅地图，哪一位弹唱诗人也不会来歌颂我。要知道，虚名有什么用呢？你看我的塘边是细软的淤泥，恰像一位贵妇人躺在松软的羽绒床上，轻松舒服，悠然自得。在我这里，不用担心轮船、木筏的惊扰，也不用担心舢板的停泊，至多不过是偶尔吹过一阵轻风，水面上飘落几片树叶。普天之下，去哪里寻找这样安逸的生活？风暴从四面八方吹来，有树林替我挡住，我可以一动不动地观察喧嚣忙碌的红尘世界，思考充满哲理的人生。"

　　"哲学家，既然你提到哲理，可别忘了这样一条规律，"河流回答道，"水只有流动才能保持新鲜。我之所以能成为一条浩浩荡荡的大河，是因为我付出了安逸的代价。我的水源源不绝，年复一年，水质清洁，是因为我遵循了流水不腐的规律。也因为给人们带来好处，赢得了人们的赞扬与尊敬。或许我还要世世代代地流淌下去，而你，不用多久，就会被人遗忘得干干净净。"

河流的话果然应验了，至今河流仍旧不停地在流淌；池塘一年年地淤积，长满了水草，芦苇丛生，终于干涸了。

不对社会做出贡献，天才也终有枯萎凋谢的一天。被懒惰支配一切的人，事业难见起色。

阅读启示

池塘向往安逸的生活，不思进取，结果干涸消失；河流不停地流淌，而且负载沉重，喧嚣繁乱，但永远保持活力，流淌至今。所以，眼前的悠闲、偷懒，未尝不是凋谢的开始；而当下的辛苦，是振作事业的基础，走向成功的阶梯。

主妇和两个女仆

先前，有一个老太太唠叨、挑剔，管理家庭特别严厉。她雇用了两个年轻的女仆帮她纺线。每天，从清早到深夜一刻不停地辛勤纺线，就是节假日也照常干活，可怜的姑娘们，连腰板都来不及挺直。就是这样，老太太还没完没了地嚷个不停，白天里女仆们忙得没有喘息的时间；天不亮，大家都在熟睡，她们早已开始了一天的工作。

有时候，老太婆也会起床稍晚，糟糕的是，她家里养着一只可恶的公鸡，公鸡一啼，老太太就起床了。她穿上皮衣，戴上防风的帽子，一边走路，一边唠叨，迅速来到姑娘们的床边，粗暴地把姑娘们从床上推醒，或者咆哮着拿起棍子，敲碎了她们的美梦。对这个老太婆你无计可施，可怜的姑娘们紧皱眉头打着哈欠，尽管心里一百个不情愿，也只好离开温暖的床铺。等到第二天，公鸡一叫，老太婆把昨天的一切又重复一遍，就这样周而复始，一天天忙碌地纺线不停歇。疲惫的姑娘们实在瞌睡，于是，咒骂起公鸡来。

"你这个可恶的家伙，就是恶魔！"两个女仆咬牙切齿地骂道，"要是你不叫，我们就可以多睡一会，不用早早地起床。你该早点下地狱！"

机会终于来了，两个女仆毫不犹豫地走过去，果断地拧断了公鸡的脖子。

结果怎么样了呢？她们满心以为可以在床上多睡一会，可实际上，恰恰相反。确实，再也没有公鸡啼叫，唤醒她们的睡眠，可是老太婆生怕错过时间，她们刚上床不久，还没有来得及合上眼睛，老太婆就过来不停地催促喊叫。每一次都比过去要早，比鸡鸣的时间大大地提前。

直到这个时候，女仆们才后悔起来，本以为离开了龙潭，谁知又入虎穴，而且是愈来愈糟糕！

阅读启示

女仆除掉了公鸡，自以为摆脱了早起的命运，谁知老太婆变本加厉，比公鸡鸣叫还要早地催她们起床。生活也许就是这样，刚摆脱掉一些麻烦，谁知又陷入新的困境；本以为可以宽松一下，谁知比先前更加糟糕。根本原因还是我们没有找到解决问题的正确方法。

收税官和鞋匠

在豪华的宅邸里住着一个收税官，每天喝着美酒，吃着珍馐，几乎天天都在大摆筵宴，家中的珍宝不计其数。一切应用之物应有尽有，他的家简直就是人间天堂。

然而收税官也有烦恼的事情，就是夜里总是睡不好觉。也许是害怕上帝的审判，也许是担心哪天会破产，反正从来没有一天睡得香甜。有时候，黎明时分能打个盹，碰巧他的邻居又喜欢唱歌，而且是从黎明一直唱到吃午饭，午饭后一直唱到夜晚，歌声没完没了，闹腾得大富翁没有片刻的安宁。

原来，邻居是一个穷苦的鞋匠，与收税官近得几乎窗户对着窗户。鞋匠是个乐观开朗、爱笑爱唱的家伙。怎么样才能使他不再唱歌呢？设法强行禁止，收税官没有这个权力；上门去请求，人家也不一定同意。想来想去，他有了个好主意，立即派人把邻居鞋匠请过来。

"尊敬的好邻居，你好！"

"多谢您的邀请，祝您身体健康！"

"克里姆老弟，你的买卖还好吗？"

"买卖嘛，托您的福，还算过得去。"

"所以你才整天高兴地唱啊唱，看来你生活得还挺满意。"

"何必叫苦连天呢？我不愿意怨天尤人！我有足够多的活儿可做，还有一个年轻漂亮的妻子。众所周知，有个好伴侣，生活就更加愉快。"

"你有积蓄吗？"

"没有，一分多余的钱也没有。不过，没有余钱，也省掉许多的麻烦！"

"这么说，你不想成为一个有钱人喽？"

"我说的可不是这个意思。虽然我感谢上帝给我现在的生活，但是，先生，您也明白，人活着总想过得更好，眼下可不就是这样的世道。我敢说，您并不会觉得您的财富太多。就我来说，自然也想过一过富人的生活。"

"说得好，老弟，其实，像我们富人的生活同样也有烦恼和忧虑，尽管我们知道贫穷不是罪过，可是安于贫困总不如有钱来得实在。我喜欢你的诚实，请你收下这一袋钱，这里有整整五百卢布，希望能帮助你发家致富。当心，千万不要奢侈浪费！留着它以备不时之需。再见！"

我们的鞋匠拿过钱袋，连忙把它揣进怀里，一溜烟跑到家里。当天夜里就把钱埋在地下，从此也把他的快乐一起埋葬了。他没有了歌唱，终于尝到了失眠的滋味。一天到晚，他总是忧心忡忡，心神不宁。夜晚，哪怕是猫的一点点动静，都让他心惊肉跳，担心盗贼在掘取他的钱财。于是，即使他浑身发冷，也要从床上直跳起来竖起耳朵细听！

总之，他不再有平静的生活，烦恼得他简直想去跳河。这究竟是什么原因呢？鞋匠整天苦苦地思索，终于想明白了，都是钱袋惹的祸。他拿出了钱袋，找到了收税官。

"非常感谢您的馈赠，"鞋匠说，"你的钱袋在这儿，请您收回去。这袋钱叫我睡不好觉，吃不下饭。您还是享受自己的财富吧，就算是给我一百万我也不要，我只想快乐地唱歌，美美地睡觉。"

阅读启示

　　因为金钱，收税官患得患失，烦恼不堪。鞋匠生活简单，知足常乐，过得愉快；一袋钱让他焦虑，失去了快乐生活。因此，金钱其实并不一定能够给人带来快乐。面对金钱，得之自然，失之坦然，才能安宁平静地生活。

牧人和大海

从前，有一个牧羊人，性情温和，有一处舒适的小屋，与海神是近邻。他的羊群不算大，日子过得愉快、清闲而又安稳。他没有目睹过荣华富贵，也不曾遭受过贫困苦难。他对自己的生活感到满意，比国王过得还要开心。

然而，从大海深处驶来的一条条帆船，满载着各式各样的珍宝，堆积如山的新奇货物，把仓库装得满满当当；货物的主人衣着光鲜，出手阔绰，志得意满。每当看到这一切，牧羊人都十分羡慕，有一种跃跃欲试的冲动，想出去碰一碰运气。于是，他卖掉了小屋和羊群，买了各种货物，装上一条帆船，向海洋深处出发了。

在海上，牧羊人没有过多久，就亲身感受到了大海变幻无常的本性。海岸刚从视野中消失，茫茫大海上刮起了可怕的风暴。帆船被巨浪毁坏，货物沉入海底，牧羊人拼死挣扎，侥幸逃生游到了海滩上。

不知该不该感谢大海的贪婪，他又重操旧业，成了牧羊人。不过，与过去不同，先前他是为自己放羊，如今却是替别人放牧，是一个不折不扣的雇工。贫穷苦难有什么了不起的，也用不着惧怕艰辛，只要你志向坚定，终有成功的一天。牧羊人起早贪黑、省吃俭

用，终于攒够了买羊的钱。他再一次赶上了自己的群羊，幸福的感觉油然而生。

在一个阳光灿烂的日子，羊群在草地上静静地吃草，牧羊人坐在海岸上，仔细打量着海洋。海面上没有一丝风，大海平静地像是在酣睡，帆船离开码头，驶向大海的深处。

"我的朋友，"他喊道，"你还想搜刮钱财吗？你休想再引我上钩！我可知道你的底细。你去找那些意志薄弱的人吧，怎么诱骗他们，请你随意，可是你甭想再从我这里骗走一个戈比。"

阅读启示

  大海用虚幻来欺骗牧羊人，夺走了他的财产。受虚幻蛊惑的不幸者许许多多，而不受欺骗的人少之又少。生活中，面对别人天花乱坠的说辞，我们应该有自己的信条：天上不会掉馅饼，要守住今天的拥有，绝不动摇。

麦 穗

　　田野里，一株麦穗在风雨中瑟瑟发抖。透过温室的玻璃，它看见一朵朵柔嫩的小花，又舒服又娇贵地生长着，显然受到人类的悉心照料。露天里的麦穗不仅要忍受害虫的叮咬，还要经受酷暑和严寒的洗礼。于是，它向主人抱怨起来：

　　"你们人类啊，真的是有失公平！谁有本事迎合你们的口味，让你们瞧着顺眼，你们就对它百依百顺；而给你们带来利益的，你们却对它漠不关心。你们的主要收入难道不是来自于麦子吗？可是你们瞧，自从你们把种子撒在田里之后，简直就到了不闻不问的境地，你可曾用玻璃来替我们遮挡风雨，保持空气的温暖？可曾替我们除去杂草，干旱的时候灌溉我们？几乎没有！我们近乎听天由命地生长，从来没有人照管！再看看那些花吧，它们既不能给你挣钱，又不能供你食用，可它们并没有被抛在野外，而是舒舒服服地待在温室里，被娇惯着、宠爱着。如果你们也能像对待花一样地让我们长在温室，精心地照料，那么，我相信你们明年一定会获利百倍。到时候，你就得需要一个车队把丰收的麦子运往京城。快行动起来吧，建造一个大温室。"

　　"我的好朋友，"主人回答道，"我所做的一切工作怕是完全被你忽略了。请你相信，你们才是我每天最关心的。你应该知道我为你们流淌过多少汗水：我砍掉灌木除去杂草，挖沟排灌，保墒施肥，我的辛劳没有穷尽。我没有时间向你解释，多说也无益。其实，你应该向老天祈求风调雨顺，要是听从你的聪明建议，怕是明年既没有花儿，也无麦子的收成了。"

有些诚实的庄稼人、普通的士兵和公民，常常像这样拿自己的境况跟别人比较，埋怨自己没有受到公正的待遇。不妨跟他们讲讲这个故事，加以劝解。

阅读启示

与温室的花相比，麦穗感觉受到了冷落。想着为人类做出的巨大贡献，却没有受到特殊照顾，更觉得委屈。在学习和生活中不乏这样的情况，父母让孩子吃苦，经受波折，不是不关心他们，恰恰相反，经历过苦难的孩子，才更加坚强、自立。

蜘蛛和蜜蜂

集市上，商人陈列出几包夏布，这种布家家喜欢用，户户都需要，销路一直很好。商人因此生意兴隆，顾客盈门，铺子里摩肩接踵，川流不息。

看到商人的夏布如此畅销，赚得盆满钵满，蜘蛛这个爱眼红的家伙非常妒忌。它心里盘算也要来织夏布赚钱，决定在窗口开一个小店，一心想抢商人的生意。蜘蛛立刻动手，整整织了个通宵，织出来的东西精美绝伦。它对织出的东西非常自负，神气活现地坐在铺子里，寸步不离地等待黎明。它只想着天一亮，顾客潮水般涌来，看着货物，露出惊异的神情。

天亮了，怎么样呢？来了一个淘气鬼，一扫帚就把蜘蛛的铺子抹了个干净。蜘蛛气得几乎发疯，却只能无可奈何地干着急。

"你就等着上天惩罚你吧！"蜘蛛说，"我要请全世界的人来评判，究竟谁的夏布更漂亮，谁的夏布丝更细？"

"这还用说吗？当然是你的布匹漂亮，你的布丝更细呀！"忙碌的蜜蜂回答道，"不过，你的布有什么用处呢？既不能遮体，也不能御寒。"

依我看，无益于人的才干毫无用处，即便偶尔也能引人注目，赢得赞叹。

　　蜘蛛确实是织网的高手，蜘蛛网也能让人感到惊奇，可是这些才华于事无补，一如"屠龙之技"。因此，生活中，我们不要好高骛远，迷恋于华而不实的东西。应该踏踏实实做一些有助于他人，有益于社会的事情。

战刀

有一把战刀，曾经锋利无比，纯钢打造，现在被丢弃在废铁堆中，在集市上售卖。农夫以低廉的价钱把它买回了家。

买战刀时，农夫就盘算好了这把刀子的具体用途。他首先得给战刀装上一个木柄，之后便可以方便地使用了，或是去森林里砍削树皮编鞋子，或是劈木柴，或者是斩断树枝编织篱笆，或是斫些给植物攀缘的桩子。

就这样，不到一年工夫，这把战刀就变得残缺破损，锈迹斑斑。现在，战刀成了孩子们骑马游戏的玩具，常常被丢弃在茅屋里。

在茅屋的长凳下，一只刺猬与战刀为伍。有一天，刺猬对战刀说："我想知道，你对自己的一生如何评价？人们对战刀曾无比崇敬，而你却把战刀的脸面丢了个干干净净。整天削削树桩，劈劈木柴，到最后，又成了孩子的玩具，你难道不感到耻辱吗？"

"我在战士手里，能让敌人胆寒。在农夫手里，便没有了用武之地。"战刀答道，"在这里，我只能干一些粗活，真是无可奈何。如果说耻辱的话，不是我，是那些人，他们不明白战刀的真正价值。"

阅读启示

　　战刀，真正的价值是在沙场，而寓言中的战刀，却失去了用武之地，谁之过？"千里马常有，而伯乐不常有"，无人赏识，战刀也只能无可奈何地走完一生。生活中，我们也常说，不是缺少美，而是缺少发现美的眼睛。为此，我们首先要学会赏识别人，练就一双火眼金睛，才能不让战刀的悲剧重演。

狗和马

狗和马同在一个农夫家里服役。有一天，不知什么原因，两者发生了争执。

"尊贵的夫人，"看家狗说，"我看早应该把你撵出门去。除了拉车和耕地，我看你也干不了别的！你哪一点能和我相提并论？白天，我在牧场上保护羊群；夜晚，我又通宵看护家门。可谓是没日没夜地忙碌。"

听完狗的话，马说道："当然，你的话的确不错！不过，假如我不辛辛苦苦地耕作，你会发现，你根本就没有什么需要看管的了！"

阅读启示

在争论中，狗夸耀自己的成绩，贬低马的功劳。生活中，团队成员也有类似的情形发生。也许，没有别人的存在，你的工作就根本没有意义。因此，肯定别人，其实就是在肯定自己。

炮与帆

在一条战船上，大炮与风帆尖锐地对立起来。

你看，大炮从船舷高高地抬起炮口，对着天空喋喋不休地抱怨起来：

"啊，诸位天神，你们可曾见过，用这种粗糙的布料做成的东西，竟然想和我大炮争个长短！我们一路上经历了千难万险，你们风帆有什么具体表现呢？只要刮起风来，你们就挺起胸膛，神气活现，犹如一位相貌威严的大法官，飞扬跋扈地航行过海洋，一路上自吹自擂。要不是我们在战争中怒吼拼杀，战船怎么会在海洋上称霸称王？难道给敌人造成死亡和恐怖的不是我们吗？不，我们羞与风帆在一条船上为伍。滚开吧，风帆，我们有能力自己掌握这条战船。强大的北风之神，助我们一臂之力吧，把那些帆布撕成碎片吧！"

北风之神呼啸而来，大海变得黑暗阴沉。天空上乌云密布，海浪汹涌澎湃，翻卷如山，雷声隆隆震耳欲聋，电光闪闪刺人双目。狂怒的北风之神，大吼大叫，把那些帆布撕成了碎片。

风帆消失，风暴也渐渐平息了。

失掉了风帆的战船，成了风浪捉弄的对象，像一段孤立无援的木头摇晃在海上。

它又一次遭遇到强敌，对方的炮火开始猛烈轰击，炮弹雨点般落在了战船上，而我们的战船像傻子一样一动不动，被打得浑身窟窿，最后带着它的大炮，一起沉到海底。

一个国家之所以能强大，靠的是各个部门协调一致：用"大炮"来威慑打击敌人，用"风帆"保持国家战船的平稳。

阅读启示

一条战船上的大炮和风帆，生死与共，荣辱相系。两者只有携起手来，才能乘风破浪，安全而又平稳地前进。如果像大炮这样争功，置对方于死地，结果只能受人欺凌，被动挨打，葬身海底。因此，小到一个家庭，大到一个国家，只有同心协力，才能共渡难关，争取生存和发展的机会。

狮子和人

一天，猎人在树林里布置好罗网，便安心地在一旁等待猎物上钩。也许是他一时疏忽，不幸成了狮子的俘虏。

"该死的家伙！"狮子张开血盆大口怒吼道，"你们一向傲慢，妄自尊大，甚至不把我们狮子放在眼里，今天倒要让我瞧瞧，你到底有着怎样的力气和能耐，能从我的利爪之下逃脱？不妨让我们讨论讨论，你们能否称得上万物之灵。"

"征服这个世界，不只是依赖力气大，更要靠脑子聪明。"猎人平静地回答道，"我敢说，有些障碍，我能够跨越，你虽然勇猛无比，可也不得不后退。"

"这个时候了，你还在自吹自擂，胡说八道，这不是我要听的。"

"这不是瞎说，我可以用事实来证明。如果我说的是谎话，你可以立刻把我吃掉。看见树木间的那张网了吗？那是我亲手挂上去的，就像蜘蛛网似的，围在树木之间。咱俩比一比，看谁能顺利通过那张网。如果你同意的话，我可以先开始，然后你再用力追赶，看你能否在半道上追上我。你看，这网可不是一堵墙，只要有一点儿风，网就会摇晃，不过，你得小心！单凭力气，未必能顺利穿过那张网。"

狮子不屑地瞅了一眼那张网，傲慢地喊道："开始吧，用不了几步，我就能把你抓住。"

猎人不再多费口舌，他紧跑几步，扑下身子，从网下钻过去。冒失的狮子，像离弦之箭，直冲过去。它不懂得从网底钻过去，直撞入罗网中，被紧紧地束缚住。

猎人不再争辩，一切都已经结束·智慧战胜了蛮力，狮子一败涂地。

阅读启示

　　狮子是森林之王，靠的是力量。人类巧用智慧，战胜了狮子。勇猛固然让人欣赏，但智谋更让人欣喜。生活中，我们赞赏"路见不平一声吼"的勇猛义举，但更欣赏智慧之下的勇猛，"有勇有谋"才是我们所推崇的。

绕着轮子奔跑的松鼠

节日里，在一个乡村地主府第的窗前，乡民们熙来攘往、摩肩接踵，都想瞧一瞧绕着轮子奔跑的松鼠。人人觉着新奇，就连附近白桦树上的一只画眉也看得目不转睛。松鼠跑得飞快，脚爪像风一样移动，蓬松的尾巴翘在后面。

"啊，老朋友，"画眉说道，"请告诉我，你在忙些什么啊？"

"哦，亲爱的朋友，我是给府第里尊贵的老爷当差，整天事务繁忙，一刻也不能停歇。你看，我顾不上吃饭，来不及喝水，甚至连喘口气都来不及。我没有空闲时间，天天疲于奔命！"松鼠说完，重新奔跑起来了。

画眉对松鼠说道："你的确很忙，不过，你奔跑不停，却始终没有离开原地。"

阅读启示

有些人做事，总是手忙脚乱，一刻不停，仿佛是在拼尽全力。实际上，他始终裹足不前，没有前进一步。因此，在学习和生活中，我们要提高学习或工作的效率，不要低效率的勤奋，莫学绕着轮子奔跑的松鼠。

橡树下的猪

百年的老橡树，枝繁叶茂，果实累累。橡树下，一头猪大嚼橡实，肚子吃饱了，就躺在树荫下呼呼大睡。刚睁开眼睛站起身来，就开始用猪鼻子拱起橡树根来。

"喂，你这样随意瞎拱可不行，"橡树上站着的一只乌鸦警告说，"如果你把树根都暴露出来，树就会枯死的。"

猪答道："是吗？那就让它枯死好了，反正对我没有什么影响。我看这老橡树也没啥大用处，就算一辈子没有它，我也不会感到惋惜。我要的是橡实，有了它能让我长膘。"

"蠢猪，真是个忘恩负义的家伙！"老橡树骂道："抬起你丑陋的脸，睁大眼睛往上瞧瞧，没有我，你的橡实从何而来？"

阅读启示

猪嚼着橡实，却又拱着橡树根，说橡树的死活与它无关。有些无知的人就跟猪一样盲目，他们嘲笑科学，讥笑学者，却不知道他们自己正享受着科学的成果。

杜鹃和鹰

鹰王非常喜欢杜鹃，赏赐杜鹃的名字为夜莺。于是，杜鹃依照新官职走马上任，心中甚是得意。它首先安坐在一棵白杨树上，好不威风；接着，便神气十足地卖弄起自己的歌喉，也许森林里的鸟儿们都会过来，称赞它的歌唱才能。

一曲唱罢，杜鹃向四周一瞧，发现鸟儿们纷纷飞走，有的讥笑，有的嘲讽，更有咒骂之声。杜鹃觉得难受委屈，就去拜见鹰王，状告众鸟的出言不逊。

"大王恩宠，奉您的旨意，让我做森林里的夜莺，可是鸟儿们嘲笑我的歌唱，甚是无礼。还说我是滥竽充数，百无一用。"

"我亲爱的朋友，我虽是众鸟之王，却不是创造万物的上帝。"鹰王答道，"对你的不幸，我深表同情，可是我也实在无能为力。我可以强迫鸟儿们叫你夜莺，然而却毫无办法把你变成真正的夜莺。"

阅读启示

鹰王可以让杜鹃冒名夜莺，却永远无法使杜鹃变成夜莺。就像赵高指鹿为马一样，权力可以迫使人们暂时屈服，但无论如何却不能使鹿变成马。如果你希望成为某种人，别无他法，只有靠自己去努力，经过千锤百炼，才有希望达到目标。

两个男孩

"谢尼亚，趁着现在不用去学校，我们到园子里去摘栗子，好不好啊？"

"算了吧，费佳，想吃栗子怕是困难了。你看，栗子树虽然不远，可是长得太高，你我根本够不着，爬也爬不上去，就别痴心妄想了！"

"嘿，好朋友，如果力气不够，就得开动脑筋。不能只冒傻气，还是得有技巧。我已经想好了办法：你只要把我托上最低的那根树枝，我就会有办法，到时候，你我就能把栗子吃个饱。"

两个男孩说着，就朝栗子树飞跑。谢尼亚用尽了方法，累得他气喘吁吁，汗流浃背，才把朋友勉强托上去。费佳登上树，好比老鼠躲在谷仓里，自由自在，舒舒服服。树上的栗子数不胜数，得到了栗子，本来应该和朋友一起分享，谁知，费佳在那里慢慢地品尝起来。谢尼亚苦苦地等待，馋得直舔嘴唇。费佳在树上大吃特吃，打着饱嗝，而谢尼亚得到的只是满地的栗子壳。

世上有许多费佳，靠朋友极力帮助，越登越高，等后来他们攀上高位，朋友却连一个栗子壳儿也没有见到。

阅读启示

　　靠朋友鼎力帮助，费佳才吃上了栗子，可留给朋友的却是一地栗子壳。费佳是不懂感恩的人。在学习和生活中，我们得到了亲人、师长、朋友等的帮助，要懂得感恩。中华文化提倡"受人点水之恩，当以涌泉相报"，就是对感恩的重视。

农夫和狐狸

有一天，狐狸问农夫："好邻居，请你一定告诉我，马是靠什么赢得了你的好感？我看见它老是和你为伴，你们一块出门赶路，一起下地干活。你把它收拾得干干净净，服务周到，让它舒舒服服的。可是你得承认，跟别的野兽比起来，马差不多是最没有头脑的笨蛋！"

"啊，邻居，你说得不对！"农夫大声地回答说，"说什么笨啊，聪明啊，其实，我喜欢马与精明无关。说起来，我的目的非常简单，只要它替我拉车、干活，并能服从我的鞭策就可以了。"

阅读启示

农夫青睐马，是因为它能拉车、干活，并能服从鞭策。学习和生活中也是一样，并不是说你聪明就能找到好工作，就能把成绩提上去，而是你得踏实肯干才行。另外，人们在选人用人之时，重在用人所长，不必求全责备。